A

Grégoire Delacourt

Die wärmste aller Farben

Roman

Aus dem Französischen
von Katrin Segerer

Atlantik

Die Originalausgabe erschien 2020 unter dem Titel *Un jour viendra couleur d'orange* bei Éditions Grasset & Fasquelle, Paris.

Atlantik ist ein Imprint des Hoffmann und Campe Verlags, Hamburg.

1. Auflage 2021

www.hoffmann-und-campe.de
Umschlaggestaltung: Vivian Bencs © Hoffmann und Campe
Umschlagabbildung: © *Amsterdam*, Tagesbild von Edward B. Gordon
Mit freundlicher Genehmigung des Künstlers
www.gordon.de
Satz: Pinkuin Satz und Datentechnik, Berlin
Gesetzt aus der ITC Garamond
Druck und Bindung: GGP Media GmbH, Pößneck
Printed in Germany
ISBN 978-3-455-01171-5

HOFFMANN UND CAMPE

Ein Unternehmen der
GANSKE VERLAGSGRUPPE

Für Dana, meine Elsa

»Ich schreibe, weil etwas nicht stimmt.«

Jean d'Ormesson

Gelb

Es war noch dunkel, als sie aufbrachen. Das Fernlicht des Wagens durchschnitt die Finsternis, tauchte die Wände der Häuser am Dorfrand in flüchtiges Gelb, dann wurde alles wieder schwarz. Sie waren zu sechst, saßen dicht gedrängt, fast gequetscht im gemächlich dahinrollenden Renault Kangoo. Sie trugen Mützen wie Soldatenhelme, dicke Handschuhe und Mäntel – die Nacht war kalt, der Morgen noch weit. Sie hatten die müden Gesichter schwerer Jungs, selbst die beiden Frauen. Sie unterhielten sich nicht, sondern lächelten nur, vereint in einem Leib, ein von Wut und Angst gelähmtes Körpergeflecht. Dasselbe Fleisch, bereit zum Kampf, gewappnet gegen Versehrungen, denn wer nicht blutet, der lebt nicht. Es war ihr erstes Mal. Aus dem Radio tönte *Le Sud* von Nino Ferrer. »Der hat sich umgebracht«, sagte einer. Ein Van-Gogh-Gemälde, die drückende Hitze eines 13. August, verkrüppelte Eichen, zwei Ahornbäume, eine Heckenrose, ein abgeerntetes Weizenfeld über Quercy Blanc, zirpende Zikaden und plötzlich ein Riss. Ein Schuss. Dann Stille. Bleierne Stille. Die Kugel durchdringt das Herz, der Körper des Sängers sackt in sich zusammen. Niemand im Auto sang den Refrain mit, der versprach, dass der Sommer über eine Million Jahre andauern sollte. Ihre Mienen waren auf einmal ernst. Der

Fahrer schaltete das Radio aus. Zehn Minuten später hielt der Kangoo im Kreisverkehr, mitten auf der leeren Landstraße. Die sechs Insassen stiegen aus. Ihre Glieder waren schwer. Im Licht der Taschenlampen holten sie die Feuerschale aus dem Kofferraum. Das Netz Brennholz. Die Thermoskannen mit Kaffee. Die Proviantbeutel. Die Cognacflasche und die langen Messer versteckten sie. »Ich hätte doch mein Stecheisen mitbringen sollen«, sagte einer bedauernd. »Wir werden ja nicht zuerst schießen«, erwiderte ein anderer. Und sie lachten trostlos. Sie wussten, dass sie Jäger waren, die man früher oder später selbst davonjagen würde. So lange mussten sie die Stellung halten. Nachdem sie die Blockade errichtet hatten, tranken sie einen Schluck. Suchten nach Worten, um einander anzuheizen. »Die sind selbst schuld, wenn sie uns ständig für dumm verkaufen«, wetterte Tony, ein dünnhäutiger, untersetzter Typ. Italienischer Herkunft, wie er gern betonte: »In meinen Adern fließt Garibaldi-Blut!« Das Feuer erhellte die Nacht und die ausgezehrten Gesichter. Der Zorn verdüsterte die Blicke. Ließ die Haut erblassen. Die Finger zittern. Als das erste Auto in der Ferne auftauchte, rückten sie zusammen. Natürlich hatten sie ein bisschen Angst. Aber Angst bringt auch Mut hervor. Aus Mut entsteht Hoffnung. Und Hoffnung lässt Herzen höherschlagen, zu den Waffen greifen. »Wir haben das Recht auf ein gerechtes Leben«, hatte Pierre verkündet, und alle hatten ihm beigepflichtet. Sie hatten sogar ein Spruchband mit diesen Worten bepinselt, die sie klangvoll fanden, ohne zu ahnen, dass in der Forderung Pierres gesamter Kummer mitschwang, sein Scheitern als Vater, sein Versagen als Ehemann, seine Wut. Nicht alle Herzen schlagen dieselben Schlachten. »Wir verlangen doch nicht die Welt. Nur ein kleines Stück davon«, hatte er hinzugefügt. Und die anderen hatten gelacht. Die Körper schlüpften in die gelben Warnwesten. Nahmen ihre Position auf der Fahrbahn ein. Das Auto war nur noch dreihundert Meter entfernt. Eine der beiden Frauen legte sich auf den eisigen Asphalt. Irgendwer rief: »Ey, Julie, übertreib's nicht!«, und Julie antwortete mit dem Stolz einer Löwin: »Pah, sollen sie mich ruhig überfahren, dann wäre hier die Hölle los.« Zweihundert Meter. Es war die erste Bedrohung. Die Feuertaufe. Die Lichthupe glich einer Beleidigung. Doch kurz darauf erkannten sie den dunklen Lieferwagen von Élias, dem Bäcker, und die aufblendenden Scheinwerfer verwandelten sich in Freudenschreie. »Hab ich mir doch gedacht, dass ihr hier seid, Freunde, das ist der beste Ort, um alles lahmzulegen. Bitte sehr, meine erste Ofenladung. Baguettes, Milchbrötchen, Brot – Vollkorn, Roggen, Mais, schön dunkel, so wie du's magst«, sagte er zu Julie, die wieder aufstand. »Und das Allerbeste: hundert Buttercroissants, noch warm.« In ein paar Stunden, weit weg von hier, in Paris, würden die Mauern von Marie-Antoinettes Kuchen künden. Wutschäumende Träumer würden versuchen, ihr Schicksal in die Hand zu nehmen und sich den Élysée-Palast unter die Nägel zu reißen. Pflastersteine würden fliegen wie tote Vögel. Der Geruch des Aufstands würde in der Luft liegen. Der Duft von Maiglöckchen im November. »Ich kann leider nicht bleiben«, fügte Élias verlegen hinzu, »aber wenn ihr irgendwas braucht, dann ruft einfach an.« Angsthasen verkaufen ihre Feigheit gern als Großzügigkeit. Als er wieder aufbrach, wurde er beklatscht. Die butterigen Croissants zergingen auf der Zunge. Sie schmeckten nach Kindheit.

Nach früher. Als die Welt noch im Nachbardorf endete. Bei der Agrargenossenschaft. Oder in der Stadt. Als es das Postamt noch gab. Als der Versicherungsvertreter noch Hausbesuche machte. Genau wie der Arzt. Als der Bus noch zweimal am Tag fuhr und der Fahrer, wenn man an den Feldern entlanglief und es nach Regen aussah, auch außerhalb der Haltestellen hielt. Als die Welt noch so groß war wie ein Garten. Allmählich brach der Tag an. Kupferrote Adern überzogen den Himmel. Die sechs gelben Westen glichen tanzenden Flammen. Leuchtenden Glühwürmchen. In den Kampf zu ziehen hatte immer auch etwas Fröhliches. An jenem dritten Samstag im November ging die Sonne um acht Uhr fünf auf. Gegen acht Uhr dreißig kamen die ersten Autos, die in Richtung Stadt wollten. Ein, zwei auch in Richtung der Strände im Norden, übers Wochenende. Zu klammen Häusern, die nach altem Rauch, feuchtem Salz und modrigen Fotos rochen. Sie stoppten sie. Boten den Fahrern und Insassen Croissants an. Manche stiegen aus, wärmten sich an der Feuerschale. Man diskutierte. Regte sich auf. Aber alle waren sich einig, dass die sechseinhalb Cent Steuererhöhung auf Diesel glatter Diebstahl waren. Das Leugnen unserer Realität. Noch eine Lüge. Wir müssen kämpfen. »Machen wir ja, Kumpel«, sagte Jeannot, eine blasse Bohnenstange, »machen wir, aber auf die sanfte Art. Man muss nicht immer gleich den Holzhammer schwingen.« »Kann sein«, antwortete der Kumpel, »aber das mit den achtzig km/h ist auch totaler Schwachsinn. Man kommt ja schon mit neunzig kaum an den Lastwagen vorbei. Was woll'n die denn, diese Idioten? Diese Lackaffen?« Großstadtfuzzis. Weicheier. Es wurde scharf geschossen. Alle kriegten ihr Fett weg. Scheißpolitiker. Möchtegernmonarchen. »Alles für die, nix für uns. Sollen wir vielleicht verhungern?« »Dann schließt uns doch an die Métrolinie an. Lebt mal unser Leben, nur 'ne Woche lang.« »Die wollen bloß die Blitzer zum Glühen bringen!«, schrie einer. »Na, dann machen wir Altmetall aus ihren Blitzern«, schlug Pierre vor, und alle stimmten zu, aber keiner rührte sich vom Fleck, weil sie genau wussten, dass die erste Gewalttat die schwierigste war. Unumkehrbar. Der Anfang vom Ende. Der erste Schlag weckt die Raubtiere. Das menschliche Fleisch wird zum Schlachtfeld. Deshalb bewegte sich niemand. Autofahrer stellten ihre Wagen am begrünten Straßenrand ab und zogen ihre Warnwesten an, um sich zu den anderen zu gesellen, wie Glühwürmchen, die nachts leuchten, um Geschlechtspartner zu finden und sich fortzupflanzen. So strahlten die Abgehängten, die kleinen Leute, die armen Schlucker, die Faulpelze und die Nichtse an jenem ersten Morgen, um einander zu erkennen und sich tausendfach zu vermehren. Zehntausendfach, hunderttausendfach. In ein paar Stunden würden die in Empörung vereinten Körper einen bösartigen gelben Fleck auf der Lunge der Republik erscheinen lassen. Und nichts wäre mehr wie zuvor. Eine Polizeistreife hielt hundert Meter entfernt. Niemand stieg aus. Sie beobachteten nur. Sie kannten die Theorie vom Funken im Pulverfass. Was sie im Moment sahen, war harmlos. Ein frühmorgendliches Picknick in einem Kreisverkehr. Ein Volksfest. Inzwischen hatten sich mehr als fünfzig Wagen angestaut, und von ganz hinten ertönten hartnäckige Hupkonzerte, wie Schimpftiraden, erhoben sich wie Stinkefinger, doch sobald eine Handvoll Glühwürmchen in diese Richtung ausschwärmte, wurde es wieder still. Die Fahrer kramten hektisch ihre Warnwesten hervor. Breiteten sie schnell auf dem Armaturenbrett aus. Schaut her, Leute, ich bin auf eurer Seite. Die Steuererhöhung ist scheiße. Tut mir nichts. Manche drehten direkt wieder um. Ergriffen die Flucht. Krieg bedeutet, sich für eine Seite zu entscheiden, aufzustehen, und nur die wenigsten waren wirklich standfest. Als Croissants und Brot alle waren, ließen sie die Autos durch. Eins nach dem anderen. Suchten ein letztes Mal das Gespräch. Man versprach einander Kämpfe und Revolten. Köpfe auf Mistgabeln. Pierres Slogan auf dem Spruchband glänzte tintenschwarz in der kalten Sonne. »Wir haben das Recht auf ein gerechtes Leben.« Schließlich war ein Cayenne an der Reihe. Ein Auto mit dem Namen einer grausamen Strafkolonie, in der zwischen 1854 und 1867 von siebzehntausend Sträflingen zehntausend den Tod fanden. Zehntausend elende Tode. Schmutzig. Ein Auto für 4,7 Jahre Mindestlohn, und auch nur, wenn man seine gesamte Kohle in die Karre steckte, aber man musste ja noch wohnen, essen, Klamotten kaufen, den Kindern das Leben versüßen. »Warte«, sagte Pierre zu Julie, »der gehört mir.« Und er ging auf den Porsche zu. Eine Warnweste lag auf dem braunen Leder des luxuriösen Armaturenbretts. Der Fahrer war gutaussehend. Helle Augen. Freundliches Gesicht. Um die fünfzig. Auf der Rückbank saß ein Junge im Alter von Pierres Sohn. Er war völlig auf sein Tablet fixiert, bekam nichts mit von der Unzufriedenheit, die sich ringsum entlud. Von der schwefeligen Luft. Pierre bedeutete dem Mann, das Fenster runterzulassen. Sein Krieg hatte soeben begonnen.

Blau

Die Wand gegenüber dem Bett war in jedem Zimmer blau. Hellblau, fast pastellig. Ein Himmel, an dem man sich stieß. Die Illusion unendlicher Weite. Die Farbe frischen Wassers, die beruhigend wirkte und den Blutdruck senkte. Die angeblich sogar den Hunger dämpfte. Und hier im fünften Stock handelte es sich um die Henkersmahlzeit. Die, die kamen, hatten noch Hunger, aber keinen Appetit mehr. Die Münder kauten nicht länger. Die Finger drehten Däumchen. Manchmal flehten die Augen. Die Kranken gingen, aber wollten noch bleiben. Deshalb entlasteten sie die Körper, nährten die Seelen. Vor dem fünften hatte Louise im ersten Stock gearbeitet. Auf der Neonatologie. Für diese Station hatte sie sich nach der Geburt ihres Sohnes entschieden, weil die Entbindung sehr schwierig gewesen war. Beinahe gewaltsam. Seither ertrug der Junge keine Berührungen. Der Kontakt mit Wasser, das Gewicht von Wasser bereiteten ihm Qualen, genau wie bestimmte Kleidungsstücke, bestimmte Stoffe auf der Haut, und auf der Neonatologie, so hatte Louise geglaubt, könnte sie das Versäumte nachholen. Berühren. Streicheln. Fühlen. Endlich Mutterhände haben, uralte Bewegungen ausführen, ungeahnte Zärtlichkeit schenken – selbst wenn sie einem winzigen Wesen eine Magensonde legte. Viele Jahre lang hatte sie freudig dieses unbeständige Gleichgewicht zwischen Versprechen und Ungewissheit gewahrt, die zarten Frühchenkörper mit den bläulichen Gesichtchen gepäppelt, bis sie sie eines Tages den Eltern überreichen konnte, begleitet von dem kleinen Satz, der stets zu Tränen rührte, weil er ein Wunder in Worte fasste: Ihr Kind wird leben. Heute jedoch saß Louise in einem der Zimmer, in denen die Wand gegenüber dem Bett blau war, hellblau, fast pastellig. Sie arbeitete inzwischen dort, wo man nicht ankam, sondern ging. Ins Blau. Die Farbe des Himmels. Sie hatte sich auf diese Station versetzen lassen, weil ihr die Vorstellung gefiel, dass es andere Wege gab. Ich begleite dich. Ich gehe mit dir. Bei jedem Patienten, jeder Patientin erfuhr sie eine neue Form der Liebe. Erlebte einen neuen Triumph, wenn die Angst verflog. Wenn die Krankheit nicht länger ein Kampf, sondern die verbleibende Zeit ein Segen war. Man konnte Kriege gewinnen, indem man sich einfach fallen ließ. Gerade jetzt hielt sie die zerschlissene Spitzenhand von Jeanne. Jeanne, die keine Angst mehr hatte, nicht mehr weinte, nicht länger auf ihre beiden erwachsenen Söhne wartete, die hätten kommen sollen, die es fest versprochen hatten, »diesen Samstag, Maman, wir kommen diesen Samstag«, weil der Arzt ihnen gesagt hatte, dass sie nicht zu lange zögern dürften, wenn sie sich verabschieden wollten, »einen verpassten Abschied verwindet man nie«, also hatten sie es geschworen, »diesen Samstag, wir brechen früh auf, dann sind die Straßen leer«. Die beiden erwachsenen Söhne, die nicht gekommen waren. Nun wurde das Röcheln schwächer, verwandelte sich in ein gasgleiches Zischen, während Louise Jeanne die Worte einer Tochter und einer Schwester zuflüsterte, die Worte einer Mutter, einer Geliebten. Skopolamin und Morphin hatten in der Stille des hohlen Körpers ihr Werk verrichtet. Jeanne litt keine Schmerzen. Jeanne ging sanft. Der Hunger war verschwunden, das Feuer erlosch, während die beiden erwachsenen Söhne an der Mautstelle Fleury-en-Bière festsaßen, inmitten der beherzten Demonstrierenden, des Mimosenmeers, der lautstarken Lieder aus den Autos, des Fettgeruchs. Eine Kirmes. Beherrschte Wildheit. Zur selben Zeit liefen auf den beiden großen Fernsehern im Eingangsbereich des Krankenhauses die immer gleichen Bilder in Dauerschleife. Man sprach von über zweihundertachtzigtausend Teilnehmern. Zweihundert Verletzten. Vielleicht vierhundert. Das war noch unklar. Darunter auch Polizistinnen und Polizisten. In kritischem Zustand. Vorläufige Festnahmen. Gewahrsam. Die Kommentatoren liefen zu Höchstform auf. Gelbwesten sehen rot, ärgern sich schwarz. Tankstellen, Supermärkte, Mautstellen waren blockiert. Zweitausend Demonstrationen in ganz Frankreich. An einigen Kreisverkehren zückten die Ordnungshüter die Schlagstöcke. Das beste Mittel gegen Wut sind ein paar ordentliche Arschtritte. Weiterfahren. Weiterfahren. Mehrere Krankenhausbesucher kommentierten das Geschehen leise. Man wusste ja nie, was die Sitznachbarin dachte. Andere versuchten ihre schreienden Kinder zu beruhigen. Die sofort eine Cola wollten. Die keine Lust hatten, Opi zu sehen. »Der hat immer Mundgeruch, das ist total eklig.« Wieder andere rauchten vor der breiten Eingangstür aus Glas, zogen wie Erstickende an ihren Glimmstängeln, ehe sie sich mit verlorenen Blicken umdrehten und zu ihren Angehörigen gingen, die gerade an einem Thymusdrüsenkarzinom oder einem Mesotheliom verreckten und über diese Dreckskrankheiten schimpften. In Pont-de-Beauvoisin in Savoie war eben eine Dreiundsechzigjährige von einer Frau überfahren worden, die beim Anblick der Gelbwesten Panik bekommen hatte – das erste Opfer des Krieges, der hier ausgetragen wurde. Im fünften Stock des Hôpital Thomazeau erlagen unterdessen die vierundsiebzigjährige Jeanne einem Adenokarzinom und der zweiundachtzigjährige Maurice zwei Zimmer weiter den Folgen einer ALS. Louise war bei Jeanne geblieben, der kalt gewesen war. Maurice starb im Kreise seiner Lieben. Im Stationsstützpunkt sagten sie, er sei mit einem Lächeln auf den Lippen gegangen. Die Familie habe erleichtert gewirkt. Der gesamten Station gedankt. Versprochen, Blumen zu schicken. In Paris blieb die Lage rund um den Élysée-Palast angespannt. Tausendzweihundert Personen waren noch immer an der Place de la Concorde versammelt. Louise kehrte nach Hause zurück. Es war ein Samstag wie jeder andere gewesen. Familientag. Chaos in den Gängen. Dreckige Toiletten. Nach Hause zurück zu ihrem Mann, den sie heute Morgen gar nicht gesehen hatte, fünf seiner alten Freunde hatten ihn gegen vier Uhr früh abgeholt, um einen Kreisverkehr auf der Landstraße zu blockieren. Sie hatte ihm zwei Thermoskannen Kaffee auf den Küchentisch gestellt. Schwarzen Kaffee, kaum genießbar, wie Pierres Laune seit Langem. Nach Hause zurück zu ihrem Sohn. Den sie zu selten in den Arm genommen hatte. Wegen dem die Leidenschaft ihres Mannes erloschen war.

Rot

Wie hatte sie ihren Mann geliebt. Eine Zeit lang hatte sie ihn sogar mit »mein Mann« angesprochen, wegen der Chansons von Edith Piaf, die ihre Mutter immer gehört hatte, die Gassenhauer von damals, in denen unwiderstehliche Männer nach Leder und heißem Sand rochen, einem die Ehre raubten, gleichzeitig Schurke, Großmaul und Märchenprinz waren. Die Welt hatte sich verändert. Heute klangen die Texte eher vorsichtig, sogar misstrauisch, aber das verhinderte nicht die Raserei zu Hause, brutale Worte, zerfleischte Körper. Als dieses Jahrhundert noch in den Kinderschuhen steckte, hatte sie Pierre kennengelernt, wie in einem Chanson des Spatzen von Paris, inmitten der mitreißenden Menge, und sie sah wieder die feiernde, tobende Stadt vor sich an jenem 21. April, als um zwanzig Uhr die einäugige Visage Le Pens auf den Fernsehschirmen erschienen war, des Meisters der Hetzrede, der mit einem jüdischen Sänger »nicht lange fackeln« wollte und Minister Durafour als »Monsieur Krematorium« bezeichnete, Aids mit Lepra gleichsetzte und die Gaskammern ein Detail des Zweiten Weltkriegs nannte – NIE WIEDER! KEIN VERGEBEN, KEIN VERGESSEN! –, nur hundertvierundneunzigtausendsechshundert Stimmen vor Lionel Jospin, gerade mal die Einwohnerzahl von Le Havre, das Chaos war wirklich nie weit, und in dem Café, in dem sie alle die Auszählung des ersten Wahlgangs verfolgt hatten, verwirrt, verstört, inmitten der Musik und der Schreie, die losbrachen, Rache forderten, ringsum widerhallten, hatte die Menge Louise in Pierres Arme geschleudert, ihre Körper gegeneinandergepresst, sie umschlungen, sie waren geflogen, und wie in einer traurigen Filmszene auf einem verqualmten Bahnsteig kurz vor der Abfahrt an die Front hatte Louise ihn geküsst, und dieser impulsive Kuss hatte sich schnell in einen leidenschaftlichen verwandelt, eine Verbrennung im Gedränge. Eine Dringlichkeit, ein Notfall. Erst im Morgengrauen hatten sie, entkräftet, salzig, hüllenlos, ihre Vornamen ausgetauscht wie Verlobungsringe. Später hatte Le Pen seine Niederlage schlucken müssen. Sich den Mund mit dem Peelinghandschuh auswaschen. Auch wenn der Menhir im zweiten Wahlgang siebenhundertzwanzigtausenddreihundertneunzehn Stimmen mehr als im ersten eingefahren hatte, war seine Mehrheit zerbröselt, und der große Jacques Chirac hatte die Sache wieder in die Hände genommen, ein Bier in die eine, die Kruppe einer hübschen Färse auf der Landwirtschaftsmesse in die andere. Und alles war wie vorher geworden. Niemand hatte die Wut erahnt. Die Sorgen bemerkt. Man war gerade noch einmal davongekommen. Siebzehn Jahre später streifte sich die Verzweiflung neongelbe Warnwesten über. Jetzt bemerkte man sie schon von Weitem. Tag und Nacht. Zwischen Louise und Pierre war die Dringlichkeit unvermindert, pulsierend, endlos geblieben, bis zu Geoffroys Geburt. Bis zu Geoffroys Schweigen. Bis zu Geoffroys Anfällen, wenn einer von beiden ihn auf den Arm nehmen wollte. Ihn streicheln. Kennenlernen. Bis zu Geoffroys unaufhörlichem Wiegen, vor und zurück. Geoffroy, der sich einigelte. Der seinen Kopf gegen die Wand schlug. Der sich die Ohren zuhielt, weil es ihm zu laut war. Geoffroy. Das fremde Wesen. Ein Kind, in dem niemand wohnte. Deshalb hatte Pierre sich zurückgezogen. Langsam. Fast widerwillig. Der tiefe Fall eines Mannes. Aus Angst, wie so oft. Ekel. Einer uralten Scham. Der Junge zehrte sie auf. Das fehlende Lachen zu Hause trübte ihre Gesichter, ihre Blicke. Geoffroy war ein Feuer, das nicht wärmte. Die Brandwunden ihrer Leidenschaft vernarbten. Ihre Haut wurde zu Leder. Und wenn sie sich doch ab und zu liebten, prallten ihre Körper aneinander, verletzten sich. Ihr Blut tanzte nicht länger. Vor der großen Kündigungswelle in der Fabrik hatte Pierre darum gebeten, Überstunden machen zu dürfen, um später nach Hause zu kommen, um gar nicht mehr nach Hause zu kommen, um auf Parkplätzen herumzulungern, mit den Kumpels über Gott und die Welt zu diskutieren und manchmal im Auto Julie zu befummeln. Bei Kälte. Bei Kummer. Die gute Julie tröstete die Männer. Und Louise hatte wieder im Thomazeau angefangen, im ersten Stock. Sie streichelte andere Kinder. Gurrte Koseworte, während sie drei EKG-Elektroden auf einen winzigen Körper klebte oder die Hautfalten eines Babys im Brutkasten säuberte. Manchmal weinte sie. Manchmal brach sie zusammen. Anschließend ging sie nach Hause, holte Geoffroy von der Tagesmutter ab, einer liebenswerten, geduldigen Omi. Sie kochte, gab ihm Suppe, sprach über die Farben – »die Suppe ist grün, Erbsen, Brokkoli, Karotten, stimmt, die sind eigentlich orange, aber das Grün überwiegt, das Püree ist gelb, siehst du, gelb wie die Sonne, wie der Löwenzahn und die Butter, und hier das Rot, Erdbeeren, Kirschen und die kleinen Herzen, die wir malen« –, und das unbewohnte Kind schaute seine Mutter an wie das Nichts, die Leere, das Blau des Himmels. Am Kreisverkehr ließ der Mann inzwischen das Fenster seines Cayennes herunter. Der Junge auf der Rückbank hob nicht einmal den Kopf von seinem Tablet, er stöhnte nur genervt wegen des Lärms, der hereindrang. Der kalten Luft. Der Fahrer lächelte Pierre an, und Pierre fragte ihn, warum er eine Warnweste auf seinem Armaturenbrett liegen habe. »Um auszudrücken, dass ich eure Wut verstehe.« Pierre kochte über. »Ach, du verstehst unsere Wut? Unsere Not? Du kannst dir 'nen Schlitten für über Hunderttausend leisten, aber dir ist klar, dass für uns jeden Monat am zwanzigsten Sense ist, dass wir die Tage zählen, die Stunden bis zum nächsten Lohn? Hast du 'ne Ahnung, wie viel ein Kilo Bintje-Kartoffeln kostet, Mann?« »Ungefähr ein Euro dreißig, aber direkt beim Bauern, in Le Pont d'Achelles zum Beispiel, bekommt man sie für fünfundsechzig, siebzig Cent.« »So was weißt du?« »Ich muss auch einkaufen wie jeder andere, und mit zwei Söhnen lernt man irgendwann, dass Bintje für Pommes am besten sind.« Pierres Gesicht verzerrte sich zu einem flüchtigen Lächeln. Beinahe einer Grimasse. Was für eine surreale Unterhaltung. »Glückstreffer«, knurrte er. »Aber wahre Not heißt nicht, den Preis für etwas zu kennen, sondern es sich nicht leisten zu können.« »Das weiß ich ebenfalls«, sagte der freundliche Mann hinter dem Lenkrad, »ich zahle meinen Anteil, glauben Sie mir, mehr als die Hälfte von allem, was ich verdiene, geht an den Staat.« »Sieht nicht so aus!« Pierre versetzte der Motorhaube, der Windschutzscheibe des Porsches ein paar fiese Schläge, die wehtun sollten, eine Keilerei zwischen zwei Hengsten, dann rief er: »Na los, verschwinde mit deiner Kackkohle, hau ab!«, und wenn sein Herz in diesem Moment ungewöhnlich laut pochte, lag das nicht an der Erregung, am Gefühl der Ungerechtigkeit, das wiederaufgeflammt war, nicht an der abgedroschenen Dialektik arm / reich, oder dem Klassenkampf, Aristokraten an die Laterne, Weihnachten in Saint-Tropez / Ostern am Galgen, nein, seine Wut entsprang seiner Feigheit als Mann, seinen Schwächen als Vater, »mit zwei Söhnen lernt man irgendwann bla, bla, bla«, *das* hatte ihm den Dolchstoß versetzt, der Stolz eines Papas, ein glücklicher Mann, dieser Idiot mit seinem Drecksporsche, der die Königin der Kartoffeln direkt beim Bauern kaufte, weil seine Bengel nur das Beste verdienten, weil man nie sagen konnte, ob man morgen noch da war, deshalb musste man schöne Dinge für schlechte Tage hinterlassen, weil er seine Blagen liebte, weil der verdammte Scheiß-Geoffroy noch nie erklärt hatte, dass Bintje für Pommes besser seien als Belle de Fontenay, die sich wiederum perfekt für Pellkartoffeln eigneten, und die verfickten Yukon Gold für Kartoffelgratin, weil Geoffroy tausend Sachen wusste, zehntausend, eine Million, alles, was in Büchern stand, aber nie darüber sprach, weil ihn auch nie jemand fragte, weil ich, sein Vater, ihn nie etwas frage. Der Cayenne war weg, aber Pierre stoppte keine Autos mehr. Julie kam auf ihn zu, einen Plastikbecher mit einem ordentlichen Schluck Cognac in der Hand, »hier, Pierre, du bist ja bleich wie ein Oma-Arsch«, aber keiner der anderen lachte, sie kannten die Entgleisungen der beiden, die Codewörter, die Rettungsringe, und plötzlich fing Julie an zu schreien: »Deine Hand!

Deine Hand!« Wie eine Fuchsie, und als Pierre die Faust öffnete, entfalteten sich fünf blutige Blütenblätter, die Verletzung war übel, ein klaffender Schnitt vom Scheibenwischer, an dem er sich in seiner Rage kurz zuvor den Handteller aufgeschlitzt hatte.

Grün

Die Sonne ging gegen siebzehn Uhr unter. In Paris rückte die Nationalpolizei, ausstaffiert wie wütende Kendokas, wie Samurai in voller Montur, wie Prinzen des Krieges, beim Élysée-Palast gegen die letzten Träumer vor. In der Provinz räumte man ein paar Kreisverkehre, besang einen ersten Sieg und versprach sich Tausende. »Gallien läuft die Galle über!« Alle lachten, stießen an. Verabredeten sich wieder, schrien: »Ende der Welt, Ende des Monats – derselbe Kampf!« Sie fühlten sich unbesiegbar. Unbeirrbar. »Wir wollen auch Vermögenssteuer zahlen!« Louise kehrte nach Hause zurück. Ein Samstag wie jeder andere. Sie schürte den Ofen in der Küche an, das Holz fing rasch Feuer – »das ist Pappel, das erkennt man an der glatten, gelblichen Rinde«, hätte Geoffroy erklärt. Und hätte man den Jungen weiterreden lassen, hätte er ergänzt, dass man sie auf dem Land auch Silberweide nenne, weil man ihre jungen Zweige im Weinbau anstelle von Weidenruten verwende, obwohl sie sich dafür schlechter eigneten. Kurzum. Louise schenkte sich ein Glas grün schimmernden Chardonnay ein und lächelte zum ersten Mal an diesem Tag. Geoffroy liebte Bäume und Wälder. Er liebte Rinden und Blätter – die umgekehrt herzförmigen, die sichelförmigen, die schrotsägeförmigen. Er liebte Grün. Beruhigendes, stilles Grün.

Einmal hatte er ihr erzählt, es sei die Farbe der Pachamama, der Mutter Erde, der großzügigen und gefährlichen Göttin der indigenen Andenvölker, die überall verehrt werden konnte, weil die ganze Erde ihr Tempel war, sie verkörperte Fruchtbarkeit, Überfluss, Weiblichkeit. Aber nun ja, Mütter können den Vorträgen ihres kleinen Dreizehnjährigen nicht immer folgen, und Louise hatte an jenem Tag nicht geahnt, welchen Weg Geoffroy einschlagen würde. Pierre kam nach Hause, die Hand in ein scharlachrotes Tuch gewickelt, fast als hielte er ein blutiges Steak, und Louise' Lächeln erlosch. Sie säuberte die tiefe Wunde. »Damit musst du morgen ins Thomazeau, zur Sicherheit, Tetanusspritze und Immunglobulin«, sagte sie. »Aber fürs Erste kann ich dich hier zusammenflicken.« Pierre gab sich zimperlich. »Ich will lieber gleich ins Krankenhaus.« Also fragte sie, was passiert sei. »Auto«, murmelte er. »Wollte die Sperre durchbrechen. Ein Vollidiot.« »Und du wolltest ihn mit bloßen Händen aufhalten? So wie Dwayne ›The Rock‹ Johnson?« Noch mehr Gemurmel. »Schon klar, das war blöd, aber ich war nicht allein, Tony war dabei und Jeannot, ich hab versehentlich den Scheibenwischer getroffen, dumm gelaufen.« »Warum machst du das, Pierre?« »Was? Warum mache ich was?« Er stand auf, schenkte sich seinerseits ein großes Glas des grün schimmernden Chardonnays ein. Trank die Hälfte. »Ist Geoffroy noch nicht wieder da?« »Er kommt bestimmt gleich, ich habe ihm bis sechs gegeben. Du hast meine Frage nicht beantwortet.« »Was mache ich denn, Louise? Ich mache mein Maul auf, wenn du's unbedingt wissen willst, ich mache endlich mein Scheißmaul auf!« Er seufzte. »Ich war glücklich heute. Ich habe existiert. Ich war nicht bloß der blöde

Nachtwächter, den niemand mit dem Arsch anguckt. Bei Auchan bin ich ein Hund. Nicht mal das, Hunde werden wenigstens gestreichelt.« Stille. »Wir haben etliche Autos gestoppt, vielleicht fünfzig, vielleicht hundert, niemand hat gezählt, und die Leute haben nicht protestiert. Wir haben über uns geredet. Was uns verbindet. Wir haben geträumt. Wir waren zusammen, und das war gut. Wir sind über die hergezogen, die uns niederdrücken. Ihre Arroganz. Ihre Verachtung. Über die tollen Pariser, die keine Ahnung haben, wie es sich anfühlt, wenn am Ende des Geldes noch so viel Monat übrig ist. So war das heute, Louise. Wir haben entdeckt, dass das Feuer nie erlischt, egal wie wenig Macht die uns lassen, unser Leben und das unserer Nachbarn zu ändern. Darum ging's. Zu wissen, dass man in seinem Leid nie allein ist. Warum wir nicht glücklich sind.« »Und warum sind wir nicht glücklich?« Pierre leerte sein Glas. Wischte sich mit dem Ärmel über den Mund. Dann betrachtete er seine Frau. Die schöne Louise. Der die Männer auf der Straße hinterherpfiffen. Eine blonde Chiara Mastroianni. Er erinnerte sich an ihren ersten Kuss im Feuer des 21. April 2002, und er lächelte und er war schön, wie damals, als sie so hell gebrannt hatten, und er verkündete: »Wir machen heute Abend Pommes, richtig gute Pommes, mit Bintje. Hast du gewusst, dass das die besten Kartoffeln für Pommes sind?« Louise' Herz schlug ein wenig schneller. Pierre rief Jean-Mi an. »Hast du Bintje? Nein, nicht Charlotte. Bintje. Alter, bist du noch stoned oder was? Du gehst mir echt auf den Sack.« Wütend legte er auf, gerade als Geoffroy hereinkam. Es war Punkt sechs. »Wo warst du?« »Bei Djamila.«

Veronesergrün

Djamila ist ein arabischer Vorname, der sich vom Wort *jamal*, »Schönheit«, ableitet. Man kann ihn auch als »von bemerkenswerter Schönheit« übersetzen. Die Djamila, von der der Junge spricht, hat außerdem Augen in einer einzigartigen Farbe.

Gelb

Der 21. April 2002, Jospins Niederlage und vor allem seine Flucht im Stil Ludwigs XVI. gleich am Abend der Wahlschlappe, »seht zu, wie ihr klarkommt, ich bin dann mal weg«, markierte wohl den Beginn von Pierres Wut. Sicher, ein Jahr zuvor war der 11. September gewesen, der heilige Zorn der Gotteskrieger, aber auf der anderen Seite des großen Teichs, drüben bei den Amis, und schließlich hatte ein Jahr danach Außenminister Villepin bei seiner Rede vor dem Sicherheitsrat der UNO, gebeugt wie ein Opi, mit silbernem Haar und eingefallenem Gesicht, im Namen Frankreichs Nein zum Irakkrieg gesagt, »es wurden keine Massenvernichtungswaffen gefunden, leck uns am Arsch, Bush«, deshalb hatten alle geglaubt, diese Sache mit den Islamisten, die mit ihren Flugzeugen pünktlich zu den Fernsehnachrichten unsere Lebensweise zum Einsturz bringen wollten, wäre nicht unser Krieg. Von der Seite hätten wir nichts zu befürchten. Nein. Der wahre Krieg, das wussten wir, tobte bei uns in der Provinz, in den Dörfern, direkt vor der Haustür, in der Papierfabrik, wo Pierre sich seit zehn Jahren als Maschinenführer um die halbautomatischen Produktionsanlagen kümmerte, launenhafte, dreißig Meter lange Ungetüme, zweihunderttausend Dollar das Stück, »so viel wie ein Haus hier in der Gegend, und zwar ein zweistöckiges, mit Kamin, Garten, Garage und elektrischem Gartentor, Mann«. Zehn Jahre Arbeit im Höllentempo, um Termine ein- und Kosten niedrigzuhalten, weil die Chinesen auf dem Vormarsch waren und nach der »gelben Gefahr« auch die Inder voranpreschten, die hohen Tiere aus dem Einkauf bezirzten, die plötzlich alle liebend gern mit der Frau Gemahlin nach Bombay reisten, ein hübsches Foto vor dem Taj Mahal oder dem Goldenen Tempel schossen und ein *murgh makhani* mit grünen Kaschmir-Chilis genossen, während sie Zahlungsfristen, Rabatte, Garantien aushandelten. Die Aussicht auf Jospin an der Macht, den großen Verfechter der Fünfunddreißigstundenwoche mit seinem Beschäftigungsprogramm für junge Leute, ließ Pierre deshalb daran glauben, dass er nicht allein wäre auf dem Minenfeld. Nicht allein, wenn alles in die Luft flog – denn die Geschichte strebt nach Invasion, nach Annexion. Nicht allein, weil die Gewerkschaften immer nur dann da waren, wenn es gut lief, nicht, wenn es den Bach runterging – was war aus den sechzehntausend Kolleginnen und Kollegen in den Fabriken von Usinor Thionville geworden? Den zweitausendsiebenhundert bei Giat Industries? Den viertausendfünfhundert bei Moulinex? Und plötzlich zerschlug sich alles. Der große Jacques blieb im Élysée-Palast. Raffarin sprach vom »Frankreich da unten«. So wie Balzac hundertfünfundsechzig Jahre früher in den *Verlorenen Illusionen*. Die Franzosen da unten blieben da unten. Die Franzosen da oben schauten nie nach da unten. Dort war es schmutzig. Man könnte sich ja die Schuhe versauen. Der Riss wurde tiefer. Bildete riesige Metastasen. Und als sich an jenem Abend die wunderschöne Blondine an Pierres Männerkörper presste und ihn küsste, ein brennender, salziger, verzweifelter Kuss, unterdrückte er seine Wut und ließ sich erobern. Mit sechsunddreißig wollte er endlich glauben, die Liebe wäre das Einzige auf der Welt, das man ihm niemals wegnehmen könnte. Eine Zuflucht. Heiliger Boden. Im Morgengrauen sprachen sie schon die Sprache des anderen. Ein Esperanto der Liebe. Ein Wirbelsturm. Louise war zehn Jahre jünger als er und Krankenpflegerin. Auf der Straße drehten sich die Männer nach ihr um. Sie hatte bisher nur eine ernsthafte Beziehung gehabt. Mit einem Antoine. Dem Sohn eines Versicherungsvertreters. Vier Jahre hatte sie gedauert. Eines Tages war er verschwunden. Einfach so. Ein Chanson von Serge Reggiani. Aber nie zurückgekehrt. Hier hörte die Welt wirklich am Ende der Straße auf. Siebzig Prozent der Straßen im Dorf waren Sackgassen. Also spielte Pierre zum ersten Mal nicht den Angeber. »Ich hatte schon ein paar Freundinnen«, erzählte er seinerseits, »aber noch nie was Ernstes. Ein Fabrikarbeiter ist nicht gerade ein Traumprinz. Der hat schwielige Hände. Die zerkratzen die Haut.« »Also, ich mag deine Kratzer, sie sind wie Liebesbriefe.« Drei Jahre später kam Geoffroy. Noch ein Jahr später wurde die Papierfabrik geschlossen. Sechzig Mann wurden zum Teufel gejagt. Ein Scheck für jeden. Gerade genug für einen Flachbildfernseher, sechs Tage und fünf Nächte All-inclusive-Urlaub in der Türkei und diesen scheißteuren TÜV. Na, wird's bald, verzieht euch, raus. Raus mit Jeannot. Julie. Tony. Jean-Mi. Der Clique. Allen anderen. Julie machte es sich zur Aufgabe, die Männer zu trösten. Jeannot belegte, als er nach seiner unschönen Saufphase wieder einen klaren Kopf hatte, einen Vorbereitungskurs zur Ausbildung als Gefängniswärter. Jean-Mi fand einen Job bei der Agrargenossenschaft. Tony auf dem Bau. Und Pierre bekam eine halbe Stelle als Nachtwächter bei der Warenhauskette Auchan. Geoffroy sprach noch immer nicht. Er rannte, konnte aber nicht laufen. Er verstand nicht, was von ihm erwartet wurde. Und in Pierres Bauch fing es an zu rumoren. An jenem 17. November 2018, dem ersten Samstag der Gelbwestenproteste, »dem Tag, an dem das Volk Nein sagte«, kamen keine knusprigen Pommes aus Bintje auf den Tisch. Pierre schenkte sich noch ein Glas Chardonnay ein. Stürzte es auf ex hinunter, wie diese traurigen Trinker, die es einfach nur hinter sich bringen wollen. Dann knurrte er: »Ich geh noch mal raus«, als würde er meinen: »Ihr könnt mich mal!« Die Tür knallte nicht. Es war still. Geoffroy hielt sich nicht die Ohren zu wie sonst in solchen Situationen. Er lächelte. Sagte: »Die Stille ist mein Zuhause.« Und der Kummer drückte seine Mutter nieder.

Waldgrün

Später, wenn man versuchen wird, die Tragödie zu verstehen, die Mathematik der Dinge zu rekonstruieren, die ganze Poesie nachzuvollziehen, begegnet man zwangsläufig Hagop Haytayan. Hagops Vater, dessen Vorname Katchayr »Mensch« und »Mut« bedeutet, wurde 1922 geboren, mitten auf dem Meer, auf einem der ersten Flüchtlingsboote von Haifa im baldigen britischen Mandatsgebiet Palästina nach Marseille. Dort wohnte seine Familie ein paar Jahre lang. Hilfsarbeiten in den Seifenfabriken, Ölmühlen, Fischgeschäften. Wenn man einen Genozid überlebt hat, ist es einem egal, wie die Hände riechen. 1926 lassen sich die Haytayans in Paris nieder, so wie die Hälfte der armenischen Diaspora, ungefähr sechzigtausend Menschen. Man findet sie in den Elendsquartieren und Dachstübchen von Belleville, Kremlin-Bicêtre, Gentilly. Sie schließen sich nach Orten zusammen. Schuften bei Decauville. In den Strickereien in Clamart. Oder in der Seidenfabrik des Industriellen Beylerian. Zehn Jahre später speit der kleine Künstler mit dem Bürstenpinselbärtchen auf der anderen Seite des Rheins hasserfüllte Worte aus, seltsam ähnlich denen, die die Haytayans schon einmal gehört haben. 1915 in Konstantinopel. Und im Jahr darauf in Aleppo. Worte, die Hungersnöte auslösen. Massaker. Die Geschichte wiederholt sich ein ums andere Mal, die Menschen haben viel zu wenig Phantasie. Also machen sich die Haytayans erneut auf den Weg. Ziehen in den Norden. In die Kälte. Weit weg von den großen Städten, den hohen Bevölkerungsdichten. In ein Dorf ohne Fabrik. Ohne Seehafen. Ohne Goldreserven. Ohne alles. »Nein«, meint der Großvater und stellt seinen Koffer ab, »hier werfen sie ganz sicher keine Bomben. Und auch kein Giftgas. *Menk hasank*, Kinder, wir sind angekommen.« Der Krieg geht vorüber. Der üppige Garten der Haytayans verpflegt das gesamte Dorf, das sie im Gegenzug mit Geflügel und Niederwild nährt. Man freundet sich an. Man tanzt. Man gibt ihnen ein Stück Land. Dann einen Wald. Der Tausende, Zehntausende Grüntöne birgt. Lärche. Smaragd. Moos. Pistazie. Und sogar Veronesergrün. In dem man Eichen, Buchen und Pappeln findet. Schleierlinge und Giftlorcheln. Und Quellen. Hagop kommt 1950 zur Welt. Als Kind zimmert er sich dort eine Hütte, die er immer weiter ausbaut, bis daraus ein richtiges Häuschen wird, mit Regenwassertank und Solarenergie, auch wenn das in einem schattigen Wald vielleicht nicht die klügste Idee ist. Aber es funktioniert. Manchmal wagen sich Hirschkühe mit ihren Kälbern am Morgen ganz nah heran. 2018 sieht Hagop, inzwischen knapp siebzig, oft zwei Kinder in seinem Wald. »Das Mädchen ist ein bisschen größer und älter als der Junge«, erzählt er. »Sie gestikuliert viel beim Sprechen, und ihr Lachen ist klar wie Quellwasser. Der Junge lehrt sie die Namen der Bäume, zeigt ihr, wie man den Kot von Hirschen, Hasen und Rehen an der Form erkennt, den von Füchsen und Mardern am Geruch, und sie hört ihrem kleinen Gelehrten zu und lacht ihr Quellwasserlachen. Ab und zu sagen die beiden gar nichts«, berichtet Hagop. »Dann nimmt sie behutsam seine Hand, wenn die nicht davonflattert wie ein Distelfink. Sie laufen und laufen, ohne über die Wurzeln zu stolpern. Sie erahnen den Matsch unter dem Laub. Weichen den Wasserlöchern aus. Hin und wieder setzen sie sich. Lauschen der Stille. Manchmal gibt das junge Mädchen – sie ist wunderschön«, erklärt Hagop, »ihre Haut hat die Farbe von Karamell, ihre Augen sind von einem außergewöhnlichen Grün – dem Jungen einen ihrer Kopfhörer, und es wirkt, als würden sie eins. Der Junge lehnt die Wange an ihre Schulter, sie ist, wie gesagt, größer als er, und sie legt den Arm um ihn. Ich weiß, die beiden sind Kinder«, flüstert Hagop, »vielleicht dreizehn und fünfzehn Jahre alt, aber zwischen ihnen ist etwas, das wir alle einmal besessen und verloren haben. Vergessen. Etwas Unermessliches, das vernichtet werden wird.«

Orange

Diesmal hatten sie Reifen und Holzbalken dabei, um den Kreisverkehr abzusperren. Sie waren schon zu fünfzehnt und seit fünf Uhr früh dabei, die Barrikade zu errichten. Die freudige Erregung der vergangenen Woche war einer düstereren Stimmung gewichen. »Und dieser Scheißkerl Philippe will die CO_2-Steuer nicht zurücknehmen«, schimpfte Tony. »Der wird sich noch umschauen. Dem zeigen wir, was Volkssouveränität bedeutet.« »Alle kaltmachen!«, trumpfte Jean-Mi auf, der Muskelmann der Gruppe, dessen Wortschatz durch den permanenten Graskonsum nicht gerade wuchs. Ihre Autos hatten sie quer zur Straße geparkt und fünfzig Meter davor als Warnhinweis Feuerschalen aufgestellt, vor allem für die besoffenen Idioten, die mit drei Bräuten an Bord aus der Disco kamen, sich für Rennfahrer hielten und am Ende meistens von einer Platane zerquetscht oder von einer Leitplanke enthauptet wurden. Und jedes Mal waren die Familien völlig gerädert. Litten Höllenqualen. Élias brachte wieder seine erste Ofenladung Brot und Croissants vorbei. Huguenin, der Sohn des Metzgers, nicht die hellste Kerze auf der Torte, lieferte gegen sieben Uhr Rillettes, Hackbraten und ein paar ordentliche Würste ab und fragte verschlafen, ob sie hier einen Brunch veranstalteten. Julie stöpselte ihren iPod an einen dicken Lautsprecher an und ließ Lieder erschallen, die Lust machten zu singen, zu tanzen, die Welt zu verändern und sich zu lieben, »schließlich verlangen wir doch nur ein bisschen Liebe«, sagte sie kokett. Rund dreißig andere schlossen sich ihnen an, bevor es hell wurde. Einige davon waren schon auf hundertachtzig. Sie warteten darauf, was in Paris passieren würde. Wie heftig die Schlägereien wären. Wie laut die Wutschreie. Und wie brutal die Bullen. Allen schwante, dass sie nicht bloß Reden schwingen würden. Es juckte sie schon seit letzter Woche in den Schlagstöcken. Schließlich sagte Pierre, genug sei genug, er würde sich den Blitzer am Ortsausgang von Doigny-la-Forêt vorknöpfen, das Teil sei reine Abzocke, und ein Kerl von der Größe eines Baums drängte sich auf, »ich bin dabei, ich hab Allrad«. Sie fuhren zu fünft, eine Räuberbande. Sie schlangen das Seil um den Kasten – »zwölf Millimeter dick«, betonte der Baum-Typ ein wenig angeberisch, »sechs Litzen mit je neunzehn Drähten, achttausendachthundertvierzig Kilo Bruchlast, damit kann man einen Kranwagen ziehen«, »haha, vielleicht sollten wir dann lieber ’nen Geldautomaten klauen«, schlug der Schlaumeier Jeannot vor, aber das fand niemand witzig. Auf dem Schlachtfeld spielte man nicht den Clown. Krieg war eine ernste Sache. Die 2,3 Tonnen des Geländewagens setzten sich in Bewegung, rupften den Blitzer so leicht heraus wie einen faulen Zahn. Sie verstauten ihn im Kofferraum und nahmen ihn mit wie eine Trophäe. Pierre war stolz. Ein Jäger, den Fuß auf seiner Beute. Die Sonne ging auf. Der Blitzer wurde wie eine Standarte in die Reifenbarrikade gesteckt. Ein Witzbold sprayte den Namen des jungen Präsidenten darauf, und sofort verwandelte sich der Kasten für alle in dessen Gesicht. Ein aufgespießter Kopf. »Ah, das geht ran, das geht ran, das geht ran, / Die Aristokraten, hängt sie dran!« Die ersten Autos kamen, wurden gestoppt. Kurz fühlte es sich an wie eine Feier, mit den Croissants und den Würsten, Julies Musik und den glitzernden Träumen. Die Klauen der Kälte konnten ihnen nichts anhaben, und die Wölkchen, die ihren Lippen entwichen, malten Länder, Tiere, Pareidolien voll Poesie. Die Nachrichten meldeten mehr als eineinhalbtausend Demonstrationen in ganz Frankreich. Berichteten von den Kameradinnen und Kameraden in Paris, die sich nicht auf dem Champ-de-Mars einkesseln lassen wollten und bereits auf die Champs-Élysées strömten. Offenbar waren in der Hauptstadt über sechstausend Polizistinnen und Polizisten im Einsatz. »Sechstausend Pulverfässer, das ist gar nicht gut«, brummte eine Gelbweste mit langem weißem Bart, wie ein Druide aus *Die goldene Sichel*. Später wurde der Ton rauer am Kreisverkehr, als ein Fahrer unbedingt durchwollte. Seine Frau sei gestern gestorben. Hirntumor. Das nackte Grauen. »Ich muss unsere Tochter vom Bahnhof abholen. Bitte. Lassen Sie mich durch.« Doch manchmal versteinert Wut das Herz. Pierre ließ sich nicht erweichen. »Und in fünf Minuten kommt die Tante da mit ihrem kranken Hund an. Und der hier muss dringend zum Impftermin. Sorry, aber wir lassen niemanden durch. Es herrscht Krieg, ist Ihnen das überhaupt klar?« Der Mann trocknete seine Tränen und blieb ruhig, wahrscheinlich, weil die Trauer keinen Radau macht, dann sagte er zu Pierre: »Sie müssen ein sehr unglücklicher Mensch sein«, und als er wendete, halfen ihm die anderen, dirigierten Autos aus dem Weg, als wäre er irgendein VIP. Schließlich kam Julie zu Pierre, meinte: »Das war wirklich gemein von dir. Du wirst langsam zu jemandem, den ich nicht mag.« Pierre brauste auf: »Scheiße, was geht ihr mir denn plötzlich alle auf den Sack?« Er schnappte sich eine Flasche White Spirit und kippte sie über die Reifen, um sie anzuzünden. Dichter, schwarzer, stinkender Rauch stieg in den Himmel. Eine Ebenholzsäule als Mahnmal der Gewalt überall auf der Welt. Hier und dort erwuchsen Freundschaften. Enttäuschungen verfestigten sich. Die Feuerwehr kam, aber die Gelbwesten ließen niemanden an ihr Feuer, also sicherte die Mannschaft nur die Umgebung, damit die Flammen nicht auf die Felder übergriffen. »Löscht lieber euren Durst!«, riefen ein paar, und die Feuerwehrleute gesellten sich zu ihnen, stießen mit ihnen an, und Gelb und Rot vermischten sich zum Orange der Flammen. Einem fröhlichen Orange. Geoffroy hätte Kandinsky zitiert, für den diese Farbe das Gefühl von Kraft, Energie, Streben, Entschlossenheit und Triumph bedeutete. Und war es etwa kein Triumph, wenn in einem gesperrten Kreisverkehr Männer und Frauen, die sich überhaupt nicht kannten, für einen Tag, ja, für eine Stunde ihre kindliche Naivität wiederentdeckten, das Einzige auf der Welt, das die Welt verändern konnte? In Paris artete die Situation in einen Aufstand aus. Die Polizei setzte Rauchgranaten ein, Tränengas. Wasserwerfer schleuderten leichte Körper durch die Luft wie Unrat nach dem Wochenmarkt. In der Nähe des Triumphbogens drohten die Leute zu ersticken, drängten sich wie Mäuse in der Falle. Die Kendokas rückten erbarmungslos vor. Fahrräder und Roller brannten. Mülltonnen. Bistrostühle. Ein paar Demonstrierende hatten

Steine aus dem Pflaster gerissen, sie als Wurfgeschosse benutzt und nur noch mehr Granaten geerntet. Ein Bumerangeffekt. Als der Druide die Bilder auf den Handydisplays sah, sagte er: »Wartet nur, nächstes Mal holen sie die Panzerwagen raus.« Aus der Fröhlichkeit im Kreisverkehr wurde Furor. Irgendwer wollte ein Auto anzünden. »Ja, aber welches?«, fragte Julie, »wir stehen hier doch alle auf derselben Seite.« Der feierfreudige Innenminister Castaner sprach von Aufrührern – Aufruhr war früher ein Verbrechen gegen die Staatsgewalt gewesen –, aber aus der Deckung seines Twitter-Accounts heraus. »Komm doch her, Mann, dann zeigen wir dir, was ein Aufruhr ist!«, rief der Baum über die Spötteleien hinweg, als das Gesicht des Ministers erschien. »Wenn du dich traust, haha«, ergänzte Tony. »Guckt ihn euch an, die alte Saufnase!«, schrie der Nächste. »Zurück mit dir an den Pokertisch, Gangsterboss!«, höhnte ein Vierter. Und das Gelächter kehrte zurück. Schließlich wurde es Abend. Nach und nach verließen die Gelbwesten den Kreisverkehr. Die Feuerwehr entfernte die glühende Barrikade, die Polizei gab die Straße wieder frei, und weil damit alles so wurde wie vorher, fühlte es sich an wie eine Niederlage, als hätte nichts von diesem Tag je existiert, weder die Schreie noch die Lieder, weder die warmen Croissants noch irgendein Traum. Pierre und Julie gingen als Letzte, wie Eltern, die nach der Feier das Licht ausmachten und die Tür schlossen. Er fuhr nicht nach Hause, sondern mit zu ihr. Der Sex war traurig. Ihre Körper rochen nach verbranntem Gummi. Ihre Küsse waren spröde. Er kam. Sie täuschte es nur vor. Danach drehte er sich zur Wand, um seine Tränen zu verbergen. Scham schmeckt salzig.

Farbverlauf

Derselbe Abend. Louise wartete nicht auf ihren Mann, sie ging allein zu Bett. Vermutlich war er nach der Demo noch was trinken gegangen. Mit seinen ehemaligen Kollegen aus der Fabrik Luftschlösser bauen. Den alten Groll wieder aufwärmen. Oder sich in Julies Armen ausheulen. Fittichgleiche Arme. Flatterhaftes Herz. Eine Trösterin. Louise kannte diese Sorte Frau. Aber war sie auf gewisse Art und Weise nicht selbst eine? Tröstete sie im Thomazeau nicht auch die Scheidenden? Die Bleibenden? Alle Leidenden? Im fünften Stock sagte man, Schmerz sei körperlich, Leid seelisch. Für den Körper gab es die Medizin, die chemischen Gleichungen, die Linderungen. Für die Seele die Zärtlichkeit, die Musik der Worte, das Mitgefühl. Der Körper lässt zuerst los. Die Seele klammert sich fest. Jedes Mal. Wegen einer Kindheitserinnerung. Eines geliebten Antlitzes. Eines erstickten Lachens. Wegen des Geruchs nach staubigem Regen. Louise half denen, die gingen. Und wenn sich ein Lächeln auf die knitterigen Gesichter legte, wusste sie, dass sie die richtigen Worte gefunden, die Sterbenden zu dieser nicht fassbaren Freude geführt hatte, die endlich den Griff löste. Ihre Hand zuckte bei der Erinnerung an all die Hände, die in ihr erschlafft waren. Sie streichelte das Laken, wo eigentlich Pierre liegen müsste. Sie berührte die Kälte. Spürte die Leere. Menschen zu lieben, die nicht bleiben, ist erschöpfend. Auch am Sonntag kam Pierre nicht nach Hause, aber Louise beschloss, sich keine Sorgen zu machen. Als sie Montagfrüh aufstand, war Geoffroy schon in der Küche. Er hatte die Sachen auf dem Frühstückstisch nach seiner Logik geordnet. Erst das Maisgelb der Cornflakes, dann das Siena des Zwiebacks, das Orange des Saftes, das Kastanienbraun des Kakaos und schließlich das Mahagoni des Kaffees. Ein perfekter Farbverlauf. Louise lächelte. Manche Dinge änderten sich nie. Geoffroy hob die Hand zur Begrüßung, weil sie sich morgens nie berührten, und fragte, wo sein Vater sei. »Er hat das Wochenende mit seinen Freunden verbracht«, antwortete sie. Geoffroy wiederholte seine Frage. Diesmal gab sie zu, dass sie es nicht wusste. Ihr Sohn zuckte die Schultern. Schaute auf seine Armbanduhr. Sagte: »Es ist sieben Uhr vier. Djamila ist gerade im Badezimmer. Sie kämmt sich die Haare. Danach schminkt sie sich leicht. In neun Minuten sitzt sie in der Küche und trinkt einen Tee mit Milch und Süßstoff.« Plötzlich: »Hat Papa uns nicht mehr lieb?« Ein weiterer Stich in Louise' Herz. Sie ließ ihren Tränen freien Lauf, und Geoffroy wandte sich wieder seiner Farbpalette zu, reihte den weißen Zucker ganz am Anfang ein. Um Punkt halb acht ging er zur Schule. Er hatte eine festgelegte Route, deren Parameter er genau kannte, die exakte Anzahl der benötigten Schritte bei seiner aktuellen Schrittlänge von zweiundsechzig Zentimetern von der Spitze des einen bis zur Ferse des anderen Fußes, einer Schrittlänge, die sich jedoch bald wieder ändern und Neuberechnungen erfordern würde. Außerdem kannte er Anzahl und Art der Bäume, Marke, Modell und Farbe jedes Autos vor jedem Haus, die Namen der Bewohner, er wusste, wer einen Hund, eine Katze, einen Finken hatte und wie die Hunde, Katzen und der Fink hießen. Und er wusste auf die Sekunde genau, wann Djamila an der Ecke der Rue du Lavoir erscheinen würde, und in eben dieser Sekunde würde er aufseufzen, und sie würde lächeln, und alles auf der Erde würde sich perfekt ineinanderfügen. Sein Kopf war vollgestopft mit Dingen, die ihm nur dazu dienten, sich der Beständigkeit der Welt zu vergewissern. Die Zahlen brachten Gleichgewicht, Stabilität, genau wie die Farben. Was ihn dagegen in Panik versetzte, war die Poesie der Menschen, also ihre Unberechenbarkeit, denn eben das bedeutete Poesie für ihn, Launen, Kapriolen, Streiche. Keinen Schimmer zu haben, ob ein Fremder auf der Straße ihn nach dem Weg fragen, anlächeln, ignorieren oder ihm ein Wildschweinjagdmesser in Bauch und Hals rammen würde, war zutiefst beängstigend. Wenn die Schule in Sicht kam, wurden sie langsamer. Die Schule war für ihn schwarz. Die schlimmste Farbe. Dann nahm Djamila seine Hand und drückte sie fest. Zerquetschte sie fast. Dieser Schmerz hatte die Macht, all seine Ängste in sich zu bündeln, damit Djamilas Hand sie herausreißen konnte.

Blutrot

Nach achtundvierzig Stunden Fusel, Tränen, Zärtlichkeit und Diskussionen hatte Pierre Julies Bett verlassen. Sie hatte mehrfach versucht ihn dazu zu bringen, über seine Wut zu sprechen, ihr auf den Grund zu gehen, auszumisten, doch er hatte sie Mal für Mal abblitzen lassen, »machst du jetzt einen auf Louise, oder was?«, und jeder dieser Ausraster war wie eine Ohrfeige für sie gewesen, häusliche Gewalt, also hatte sie ihn rausgeworfen: »Verpiss dich, sofort!« Er hatte schnell geduscht, sich mit dem Peelinghandschuh stellenweise bis aufs Fleisch abgeschrubbt, um den animalischen Geruch zu beseitigen, die Fäulnis in sich zu entfernen, und war wortlos mit verkniffenem Mund verschwunden. Die Tür hatte er zugeknallt. Dabei war er mit der Hand gegen den Türrahmen gestoßen, und sie hatte wieder angefangen zu bluten. Plötzlich stand er in der Kälte. Einsam und verloren. Im Café de la Mairie bestellte er einen doppelten Espresso und ein Butterbrot. Auf dem Fernseher hinter der Theke liefen die Bilder von den Champs-Élysées am Samstag in Dauerschleife. Die Schlägerei mit den Bullen. Die Pflastersteine. Die Granaten. Das Tränengas. Das Flammenmeer. Pierre war fasziniert von den Kerlen, die sich trauten, Steine zu werfen. »Worte vergehen, Steine bestehen«, hatte Tony gesagt. Natürlich waren in der Menge auch Randalierende gewesen. Welche vom Schwarzen Block. Na und? Deren Gewalt ist unsere Gewalt mit mehr Mumm, dachte Pierre. Eine Ausdrucksform. Ja, sogar eine Sprache. Eine ganze Grammatik. »Wir haben immer schön die Klappe gehalten, weil das System dafür gesorgt hat. Wir waren Schafe. Fußabtreter. Dreck, Jeannot, nichts weiter«, und Jeannot hatte überlegt. »Wut allein reicht nicht, um die Welt zu verändern, Pierrot, sie macht nur Krach. Wir müssen wiederfinden, was wir alle gemeinsam hatten, was wir aus den falschen Gründen verloren haben.« Ach, leck mich, Jeannot! Nächsten Samstag würde er nach Paris fahren. Und wenn Tony, Julie, Jeannot und die anderen nicht mitwollten, hatten sie Pech gehabt. Sollten sie doch in ihren kleinen, beschissenen Leben versauern. Nimm dich in Acht, Pierre, die Wut facht uns an und verzehrt uns. Sie lässt alles Gute in uns brüchig werden. Pierre bat den Wirt, den Sender zu wechseln, und orderte noch einen Kaffee. Der Wirt bot ihm einen Klaren dazu an. Pierre sagte nicht Nein.

Pappelgrün

»Sie kommen oft«, erzählt Hagop Haytayan weiter. »Seit über einem Jahr.« Er findet sie schön zusammen. Wie zwei Waldtiere. Sonnige Gemüter. Freundlich. »Sie streifen umher. Beschnuppern sich manchmal, als würden sie an Jasmin oder Minze riechen. Hin und wieder scheint der Junge vor ihr her zu tanzen, um sie herum, macht kleine Zickzackschritte, wie einige Insekten bei der Balz, an anderen Tagen tanzt sie für ihn, und ihre Arme und Beine verwandeln sich in Lianen. Umgarnungen. Sie sind hier in dieser herrlichen, verlorenen Welt, ›die du niemals verlassen solltest, mein Sohn‹, das hat meine Mutter immer gesagt, die den Vornamen Antarame, ›unverwelklich‹, trug, ein schönes Adjektiv, oder? Verheißungsvoll. ›Niemals verlassen‹, hat sie gesagt, ›vor allem nicht, wenn du erwachsen wirst, denn erwachsen zu werden, vergiss das nicht, heißt, alles zu verlieren, sich selbst zu verlieren.‹ Dann plötzlich, wie zwei flammende Rehkitze, die einen Fuchs wittern, springen die beiden auf und huschen davon. Einmal habe ich sie rittlings auf dem dicken Ast einer Korkeiche entdeckt, ein Stück weiter nördlich. Sie saß hinter ihm, die vergoldeten Hände auf seinen Schultern, und ich musste an ein Liebespaar auf einer Vespa denken, eine gewundene Bergstraße, ein Bild von Italien, das in einer Baumkrone hängt. Er hat ihr Sterne gezeigt, die mitten am Tag niemand sehen konnte, und sie hat gelacht und gestaunt. Später sind sie ganz dicht an mir vorbeigelaufen, ohne mich zu bemerken. Sie hat ihn gefragt, was es ihm bringe, all diese Sachen über Lux und Lumen, Steradianten und Magnitude null zu wissen, ›ich weiß nur, dass ich mich mit dir gut fühle, und das reicht mir‹. Der Junge blieb stehen. Er sah aus, als würde er angestrengt überlegen, denn mit dreizehn ist es nicht so einfach, auf eine Liebeserklärung zu antworten. Er ließ die Worte in sich wirken. Lauschte auf ein Echo in seiner eigenen Logik. Schließlich lächelte er. ›Ich hab's. Das stammt aus einem Film. Der Mann sagt: *Ich fühl mich auch gut, sehr gut mit dir, aber dass du dich gut fühlst mit mir, ist mir wurscht, ich will, dass du auch mit mir zusammen bist.* Meinst du das damit, Djamila?‹ ›Genau das, Geoffroy‹, antwortete das Mädchen und errötete. ›Ich will, dass du mit mir zusammen bist.‹ Ein andermal, es war an einem Sonntag, habe ich sie in der Nähe der Quellen gesehen. Sie lagen nackt unter den Pappeln, auf den Blättern, die, wie Sie vielleicht wissen, wie umgedrehte Herzen geformt sind, und ich dachte bei mir, dass diesen Ort bestimmt das Mädchen ausgesucht hat. Wegen der Form der Blätter. Ich bin nicht geblieben, aber ihre im Licht des späten Frühlingsnachmittags verquirlten Körper erinnerten mich an den Honigkuchen meiner Mutter Antarame, ein Hochzeitsgebäck, denn diese beiden Kinder, da bin ich mir sicher, hatten sich an jenem Tag vermählt.«

Weiß

Louise hatte schnell gemerkt, dass irgendetwas nicht stimmte. Wenn sie dem Jungen die Lieder vorsang, die ihre Mutter ihr beigebracht hatte, schien ihre Stimme ihn gar nicht zu erreichen, und er schaute auch ihre Hände nicht an, wenn sie die zehn kleinen Zappelfinger spielten. Er wirkte weit weg. Als spräche er eine andere Sprache. Als käme er von einem anderen Asteroiden. Die Augenärztin und der Psychomotoriker hatten nichts Ungewöhnliches festgestellt. Während der Untersuchung hatte der Junge die ganze Zeit gebrüllt, aber das schrieben beide den vielen, für so ein Würmchen ziemlich überwältigenden Apparaten zu, haha, und Louise blieb allein mit ihrem menschenleeren Sohn. Während der Schwangerschaft war Pierre ein überaus fürsorglicher Partner gewesen – einmal hatte er nachts um elf noch frische Johannisbeeren und Erdbeeren aufgetrieben, merci, Jean-Mi von der Agrargenossenschaft –, ein verheißungsvoller werdender Papa. Doch als sich herauskristallisierte, dass Geoffroy nicht wie alle anderen war oder sich zumindest nicht im gleichen Tempo entwickelte laut den Tabellen des Untersuchungshefts, die nur die Norm belohnten – Ausnahmen passen nun mal nicht ins Raster –, war Pierres Interesse an der Vaterrolle erloschen. »Das kommt noch«, hatte er immer gesagt. »Später.

Wenn er groß ist. Dann begleite ich ihn zum Fußball. Zum Judo. Bringe ihm das Autofahren bei.« Und Louise hatte geahnt, dass sie mit dem Vater für ihren Sohn auch ihren Mann verlor. Er begann Überstunden in der Fabrik zu machen, erst spät nach Hause zurückzukehren, mit Hopfenatem und dem neckischen Duft nach roten Früchten auf der Haut – Louise erkannte die säuerlichen Noten des Parfums Mademoiselle Rochas, das die Clique Julie zum Geburtstag geschenkt hatte, und nach und nach destillierte sich in ihrem Blut eine fiebrige Melancholie heraus. Geoffroy wurde größer. Und sprach noch immer nicht. »Machen Sie sich keine Sorgen«, hatte ein Kinderarzt aus dem Thomazeau sie beruhigt, »sogar Einstein hat erst mit vier sprechen gelernt.« Geoffroy zeigte keinerlei Gefühlsregung. Er verstand alles, aber empfand nichts. Er hopste nicht vor Lebensfreude herum oder ließ sein Lachen in die Lüfte steigen. Er war ein Stein. Ein Feuer, das kaum brannte. Nur ein reflexives Bewusstsein. Es war schwierig, ihn anzuziehen. Kompliziert, ihn zu füttern, bis Louise begriff, dass er nach seiner eigenen Logik aß. Erstens durften die Lebensmittel einander nie berühren. Zweitens mussten sie nach Farben sortiert werden. Von hell nach dunkel. Also erst das Püree, dann der Schinken, dann die Erbsen. Und als sie einmal absichtlich weißen Reis und Seeteufel gekocht hatte, konnte Geoffroy sich partout nicht entscheiden, womit er anfangen sollte. Sie suchte diverse Ärzte auf. Ernährungsberater. Fachärztinnen. Psychologinnen. Einen Heilpraktiker. Niemand wusste wirklich weiter. Es hieß nur, er brauche einfach Zeit. Es hieß, klinisch sei alles in Ordnung. Es hieß: »Haben Sie Geduld, gute Frau.« Louise fühlte sich verurteilt. Ungenügend als

Mutter. Sie ertrank in ihrem Kummer. Eine Kollegin aus dem Krankenhaus sorgte sich. Ein Arzt verordnete ihr ein Antidepressivum. Die Kollegin einen Geliebten, und sie lachten im blauen Stationsstützpunkt darüber, auch wenn Louise eigentlich gar nicht danach zumute war. Hab Geduld, Louise. Dann eines Tages die Offenbarung. Geoffroy fing an zu sprechen. Sechs Monate früher als Einstein. Oh, er sagte nicht »Maman«. Nicht »Ich hab dich lieb« oder »Drückst du mich?« Nein, er sagte »klein«. Er sagte »groß«. Und sortierte das Besteck der Länge nach. Das Spielzeug und die Bücher. Er sagte: klein, mittel, groß, sehr groß. Er hatte eine hübsche, musikalische Stimme, und dieser neue Klang überwältigte Louise. An jenem Tag hatte sie sich ganz dicht neben ihn gesetzt, und auch wenn er sie nicht angesehen, ihr wahrscheinlich nicht einmal zugehört hatte, hatte sie ihm zugeflüstert: »Ich weiß, dass du Tausende Worte in dir trägst, Geoffroy, und sie bis jetzt gehütet hast wie Schätze, wie Murmeln tief unten in der Jackentasche, jedes deiner Worte ist ein Geschenk, und wenn die anderen sie nicht immer verstehen, ist das nicht schlimm, weil ich dich verstehe.«

Zitronengelb

Der Auchan-Filialleiter überließ die abgelaufenen Lebensmittel immer seinen Angestellten, deshalb brachte Pierre am Abend vor seiner Fahrt in die Hauptstadt eine glutenfreie Zitronentarte für zwölf Personen mit nach Hause. Geoffroy war in seinem Zimmer. Er las den großen Umweltroman der amerikanischen Autorin Dana Philp, *Das Reh in der Stadt*. Louise war gerade von der Arbeit gekommen, erschöpft, bedrückt. Am Nachmittag war eine junge Frau gestorben. Brustkrebs, HER2-positiv. Weder Antikörpertherapie noch Chemo hatten angeschlagen, Pertuzumab in Kombination mit Trastuzumab und Docetaxel. Sie war seit drei Tagen im fünften Stock des Thomazeau gewesen, und es glich schon einem Wunder, dass sie überhaupt drei Tage durchgehalten hatte. Zweiunddreißig Jahre alt. Zwei Töchter, vier und sechs. Sie hatten geschrien: »Maman!« Sie hatten geschrien: »Bleib bei uns!« Sie hatten versprochen: »Wir sind auch brav. Wir decken den Tisch.« Sie hatten gefleht: »Geh nicht weg, Maman, geh nicht weg!« Maman hatte gelächelt. Ihnen gesagt, dass sie sie liebte. Sich darauf verließ, dass sie immer schön aufräumen, brav sein, den Tisch decken würden, »weil ihr ab jetzt große Mädchen sein und eurem Papa helfen müsst«, und sie hatte die Hand ihres weinenden Mannes gedrückt. Sich bei ihnen allen bedankt. Noch einmal gelächelt. Hinzugefügt: »Das hier ist kein Lebwohl, sondern nur, wie jeden Abend, ein ›Bis morgen!‹« Dann war sie fort. Ihr letzten beiden Worte schienen noch durchs Zimmer zu wirbeln, bis auch sie verstummten. Als Louise die Infusionspumpe ausschaltete, hatte die jüngere Tochter einen Nervenzusammenbruch. Sie fing an, auf den leblosen Körper ihrer Mutter einzuschlagen, ihr das Gesicht zu zerkratzen, die Augenlider aufzuschieben, »du bist gemein! Gemein, gemein, gemein!« Der zusammengesunkene Vater sprang auf und stürzte vor, Louise schloss das Kind fest in die Arme, bekam selbst ein paar Schläge ab, versuchte es mit uralten Worten, den Worten einer lebendigen Mutter. Ihre Kollegin Brigitte eilte herbei, sie spritzten der Kleinen ein Beruhigungsmittel, legten sie in eins der Betten im Bereitschaftszimmer, und plötzlich war es im fünften Stock des Krankenhauses vollkommen still. Louise und Brigitte entfernten die Infusions- und Perfusorenschläuche. Sie wuschen die junge Mutter. Wechselten die Bettlaken. Zogen ihr ein sauberes Hemd an. Zwei Stunden später – die gesetzlich vorgeschriebene Wartezeit – brachten sie sie nach unten, mit unbedecktem Gesicht. Hier wurden keine Leichen befördert, sondern Menschen. Ein friedliches Gesicht hatte immer etwas Schönes. Etwas Würdevolles. Es war ein Tag wie jeder andere gewesen. Zu Hause hatte Louise Nudeln mit Zucchini, Mandeln und Datteln gekocht, denn ihre beiden Männer zu ernähren war ein Mittel, das ihr half, nach dem Chaos zivilisiert zu bleiben, aufrecht nach dem Krieg. Sich erneut für das Leben zu entscheiden. Seit sie auf der Palliativstation arbeitete, hatte sie schon etliche Pflegekräfte am Kummer kaputtgehen sehen, weil es ihnen nicht gelang, den richtigen Abstand zu wahren – den Höflichkeitsabstand, wie Brigitte es nannte. Sie luden sich die Last der Toten auf, trugen sie mit nach Hause. Weinten, zerbrachen. Geoffroy aß erst die Nudeln, dann die Mandeln, dann die Zucchini, dann die Datteln. Pierre sprach über seine Reise am nächsten Morgen. »Tony kommt mich um sechs Uhr früh abholen. Der Zug geht um sieben Uhr elf, Lille – Gare du Nord, Ankunft acht Uhr vierzehn, danach zu den Champs-Élysées.« Seine Augen leuchteten. Seine Hände tanzten. »Wir werden die Welt verändern, Junge«, sagte er lachend. »Guck!« Er stand auf, griff nach seiner Warnweste, hielt sie ausgebreitet hoch. Auf den Rücken hatte er mit schwarzem Filzstift in Großbuchstaben seinen Slogan geschrieben, WIR HABEN DAS RECHT AUF EIN GERECHTES LEBEN. »Das ist doch nicht zu viel verlangt, ein gerechtes Leben. Ich will, dass du eine gute Zukunft hast, Geoffroy, und deine Maman auch. Du auch, Louise. Ich will, dass wir keine Angst mehr haben müssen. Dass wir alle den Kopf wieder hoch tragen können. Dafür kämpfen wir. Und wir werden siegen. Hier, zur Feier des Tages habe ich sogar eine Zitronentarte mitgebracht.« Geoffroy blickte auf. »Du hast vergessen, dass ich Gelb nicht mag, Papa.«

Schwarz

Wie jeder weiß, bildet sich eine soziale Gruppe durch Abgrenzung von einer oder mehreren Personen. So auch in der Schule. Freundschaften werden auf Kosten eines Dicken, einer Hässlichen, eines Schielenden, einer Ausländerin geformt. Jetzt stellt euch einen Jungen vor, der anders ist als alle. Er ist elf Jahre alt. Er erträgt es nicht, berührt zu werden. Er hält sich immer abseits. Manchmal verbringt er die Pause auf der Toilette oder versteckt hinter dem breiten Stamm der Platane. Er könnte euch sagen, dass es sich um eine Gemeine Platane handelt, auch Ahornblättrige Platane genannt, eine Hybride aus der Familie der *Platanaceae* mit sehr geringer Fruchtbarkeit, die im siebzehnten Jahrhundert in Europa entstanden ist. Dass sie bis zu tausend Jahre alt werden kann. Und fünfzig Meter hoch. Dass ihre Früchte als Achänen bezeichnet werden. Aber er spricht mit niemandem, weil er nicht weiß, wer nett und wer fies ist. Alles, was neu ist, macht ihm Angst. Alles, was sich nicht wiederholt, macht ihm Angst. Alles, was überraschend kommt, macht ihm Angst. Deshalb hasst er Weihnachten und seinen Geburtstag. Nicht zu ahnen, was ihn unter der Geschenkverpackung erwartet, löst echte Panik in ihm aus. Wenn er die Straße entlangläuft, wirkt er, als würde er seine Schritte zählen, die

Autos benennen, die Farben sortieren. Er ist elf und weiß Sachen, die nicht einmal eure Eltern wissen. Die nicht einmal die Lehrer wissen. Letztere verbessert er hin und wieder auch. Zum Beispiel, was das unterirdische Wasserreservoir der Nordsahara betrifft. »Es sind nicht dreitausend Kubikkilometer, Madame, sondern dreißigtausend. Und nicht die Kälte hat die Pferde bei Napoleons Russlandfeldzug getötet, sondern das Glatteis. Die Tiere sind ausgerutscht, hingefallen und nicht mehr hochgekommen.« Er kann nicht lügen. Also nur zu, fragt ihn, ob eure neuen Sneaker nicht heiß sind, er wird sie berühren und antworten, sie hätten Raumtemperatur, und ihr werdet ausrufen: »Nein, *heiß*, du Schwachkopf, so was wie super, stylish, cool, kapiert?«, woraufhin er vermutlich erwidern wird, sie seien ungestalt, und schon das Wort wird euch auf die Palme bringen. Es kann passieren, dass er euch verletzt, ohne es zu merken. Sein Gedächtnis ist beeindruckend. In fünfundzwanzig Jahren wird er sich immer noch an eure ungestalten Schuhe erinnern. Aber wenn ihr weint oder schallend lacht, bedeutet es ihm nichts. Er kann euch nicht lesen. Er kann euch nicht spüren. Wenn es zu laut ist, schlägt er sich gegen den Kopf, um die Lärmfetzen zu zerquetschen. Wie Parasiten. Kakerlaken. »Insekten mit über zwanzigtausend Genen«, würde er euch erklären, »also beinahe so viele wie in unserem eigenen Genom, darunter mehrere Familien, dank derer die Tiere kaum totzukriegen sind, sie produzieren Enzyme, die jede toxische Substanz, auch Pestizide, zersetzen können.« Er benutzt niemals Schimpfworte. Er befolgt Regeln aufs Genaueste. Gesetze. Kommt er an einem Spiegel vorbei, sieht er sich oft nicht. Er sieht den Baum, nie den

Wald. Er nimmt die Welt auf seine ganz eigene Weise wahr. Aber eine Sache, die hasst ihr ganz besonders an ihm: dass er euch nicht wiedererkennt. Das ist Geoffroy. Das ist der komische Kauz. Das Opfer der Schule. Der, den man beleidigt und verarscht. Den man verprügelt, und weil er keinen Schmerz zu fühlen scheint, drischt man nur noch fester auf ihn ein. Den man die Treppe hinunterschubst und Mongo nennt. Spasti. Freak. Das ist der Sündenbock. Dessen Ermordung die anderen zusammenschweißt. Das ist der Einsame. Der Aussätzige. Das Schmürz. Das mit dem Mobbing geht schon seit Jahren so, aber Louise wollte nicht, dass Geoffroy auf eine Förderschule kommt. »Er ist anders«, sagte sie, »nicht zurückgeblieben. Er hat der Welt etwas zu bieten, vielleicht mehr als viele andere.« Sie hat dafür gekämpft. Schließlich sogar Dr. Philippe eingeschaltet, den Leiter des Thomazeau. Der haute bei der Direktorin auf den Tisch. Sagte, dass Unterschiede ein kostbares Gut seien. Genau wie die Luft. Das Wasser. Dass auch Ludwig van Beethoven, »jawohl, Madame«, Bobby Fischer und Isaac Newton anders gewesen seien. »Und Anthony Hopkins. Wussten Sie das nicht?« Geoffroy durfte bleiben, aber die Gemeinheiten hörten nie auf. Die Einsamkeit war ein grausamer Feind. Deshalb suchte Geoffroy sich eine Zeit lang einen imaginären Freund, und weil er Farben mochte, lud er natürlich niemand Geringeren als Picasso in seinen Kopf ein. Aber er verstand nicht, warum der Andalusier einmal gesagt hatte: »Wenn ich kein Blau habe, dann nehme ich eben Rot«, schließlich könne das Meer nicht rot sein, argumentierte er, und die Wände gegenüber den Betten im Thomazeau genauso wenig, die Farbe würde die Patienten und Patientinnen doch verrückt machen. Sie ist das Blut. Sie ist das Feuer. Sie ist das Töten. Und Pablo lachte laut und lang, meinte, er solle sich nicht den Kopf zerbrechen, »glaub mir, Geoffroy, immerhin habe ich Gesichter gemalt, bei denen die Nase an der Stelle eines Ohres sitzt, der Mund an der Stelle eines Auges, und die Menschen haben trotzdem Menschen gesehen. Keine Monster.« Geoffroy runzelte die Stirn, die Diskussion war vertrackt, und er ahnte, dass da gerade noch etwas anderes in sein Leben trat, etwas, das er nicht begriff, weil es so exzentrisch, das er nicht ertrug, weil es so irrational war. Die Poesie. Sprache versus Mathematik. Zwei völlig gegensätzliche Welten. Und vor einem Jahr dann, als er allein dagesessen hatte, während die anderen Jungen Fußball spielten und sich bei den Namen berühmter Spieler riefen, um vor den Mädchen die Macker zu markieren, war etwas Außergewöhnliches passiert. Eine Achtklässlerin hatte sich neben ihn gesetzt. Anmutig hatte sie ihre Ohrmuschel von den langen schwarzen Haaren befreit und einen winzigen weißen Kopfhörer herausgeholt, den sie behutsam vor Geoffroys Gehörgang gehalten hatte. Er war wie versteinert gewesen. Weiß wie der Kopfhörer. Die Stimme einer jungen Frau, tiefe Tonlage, elegante Kratzigkeit, wahrscheinlich Raucherin, drang in seinen Kopf, zwischen die Kakerlaken, die Anzahl der Kubikkilometer Wasser unter der Sahara, das mörderische Glatteis beim Russlandfeldzug und die dröhnenden Beleidigungen. Sie sang: »Imagine all the people / Living life in peace«. Sie sang: »You may say I'm a dreamer / But I'm not the only one«. Die Melodie des Klaviers war angenehm. Sanft. Der Rhythmus des Schlagzeugs und die Riffs der E-Gitarre brachten Geoffroys Herz zum Tanzen.

Einen Moment lang hatte er keine Angst mehr. Die Last der Gemeinheiten fiel von ihm ab. Er fühlte sich, als könne er fliegen, ja, und lachen. Schließlich schaute er das Mädchen neben sich an. Und sah nur eins: Ihre Augen hatten die schönste Farbe der Welt. Veronesergrün. Es klingelte. Sie kehrten in ihre Klassenzimmer zurück. Aber Geoffroys Leben hatte sich für immer verändert.

Neongelb

Die Bilder gingen live um die Welt. Die Polizei, die seit dem Morgen mit Tränengas angriff. Die Kriegswaffen einsetzte – die berüchtigten Gummigeschosswerfer. Die gelbe Welle grollte. Aus dem weißen Gasnebel brachen Geister mit Tränen auf den Wangen. Die Kendokas und ihre Schilde waren mit zitronengelben Farbspritzern besprenkelt. Wie Spucke. Kleine Pollocks. Paris stand unter Belagerung. Der Triumphbogen war verwüstet worden. Das Gesicht der Marianne zertrümmert wie die schaurigen Visagen der Kerle, die am Samstagabend eine Flasche übergezogen kriegen wegen eines schiefen Blicks oder einer verweigerten Fluppe. Das Grabmal des unbekannten Soldaten wurde mit Füßen getreten. Die Wut brüllte, zerriss Trommelfelle. Die Menschen kämpften. Manchmal wie streunende, namenlose Hunde. Manchmal wie Hirsche, Geweih gegen Geweih. Aber immer stolz wie die Gockel. In den schicken Vierteln hatten sich alle verbarrikadiert. Sie wussten, dass die Wilden in ihre Garagen eindringen würden, ihre Schlitten demolieren, einen Dienstboteneingang suchen, einen Bonzen, den sie köpfen konnten. An den Triumphbogen hatte jemand in riesiger schwarzer Schönschrift gesprayt: »Die Gelbwesten werden triumphieren!« Und: »Macron muss weg.« Und ein Stück weiter, auf die Schaufensterscheibe eines Modelabels, ein neckisches »gelb und gutaussehend«. Inmitten der Raserei drückte ein junger Typ Pierre seine Dose in die Hand, neongelb, und Pierre schrieb nach kurzem Zögern »J'EXISTE« auf die dunkle Tür eines Hauses am oberen Ende der Avenue Marceau, und obwohl das alles in allem weder der revolutionärste noch der verrückteste Akt eines wütenden Mannes war, bekam er eine Erektion. Ich bin, also kriege ich einen Ständer. Das Verbotene und die Gewalt hatten etwas Sexuelles. Etwas Animalisches. Gesetze zu übertreten bedeutete Grenzen zu verschieben. Mehr Platz einzunehmen. Seine Macht zu demonstrieren. Quasi ein Orgasmus. Später, als er die Bullen mit Steinen bewarf, spürte er denselben Rausch. Jeder überlebte, so gut er konnte, weil Zivilisation und Zivilisiertheit nichts gebracht hatten. Die da oben stiegen immer höher, die da unten sanken immer tiefer. Sie mussten wieder zu Tieren werden. Die hohen Herren weichen nur vor beißenden Hunden zurück. »LEST EUREN HEGEL, VERDAMMTE SCHEISSE! UND BEISST ZU, BEISST ZU BIS AUFS BLUT!«, hatte Jeannot eines Samstags geschrien, wie damals zur Zeit seiner glühenden Gelage. »Das Leben ist so viel wert, wie wir dafür wagen. Bewundert den Triumph des Knechts, der zum freien Mann geworden ist.« Doch auf Gewalt antworteten die Kendokas mit Gegengewalt. Gummigeschosse. Granaten. Schlagstöcke. Die Demonstrierenden strömten in die umliegenden Straßen. Unaufhaltsam. Wie Wasser. Pierre verlor Jeannot und Tony irgendwo auf der Avenue de Friedland aus den Augen, als er selbst in Richtung Place Saint-Augustin mitgerissen wurde, wo ein paar Leute gerade einen Porsche angezündet hatten, eine Bankfiliale in

Brand stecken wollten, und dort, umgeben von Rauch und Chaos, an der Ecke der Rue La Boétie gegenüber dem Monoprix, thronte wie eine Erscheinung, wie ein Heiligenbild, ein weißer Citroën DS. Makellos. Rein. Die Zeit stand still. Der Wagen schien all das zu verkörpern, was verloren gegangen war, was man für das Erbe der glücklichen Jahre Frankreichs hielt. Dieses Auto, das Fantômas, der eiskalte Engel, de Gaulle und eineinhalb Millionen Franzosen gefahren hatten, beschwor plötzlich die Musik von Francis Lai herauf, die Filme von Claude Sautet, Piccolis Kippen, Montands große Klappe, Schneiders Akzent, Denners Stimme. *Die Ausgebufften.* Den Lauf der Knarre in Jeanne Moreaus Muschi. Die kreative Freiheit. Den Moment, in dem aus »Friss oder stirb« ein »Friss und träum« geworden war. Der weiße Wagen erinnerte an Pompidou. Den Fortschritt. Und an Barthes, der darin das Pendant der gotischen Kathedralen, »eine neue Phänomenologie der exakten Passung« erkannt und ihm ein paar wunderbare Seiten gewidmet hatte. Der DS wurde zur Allegorie. Die Körper der Demonstrierenden wurden eins mit seiner Karosserie. Mitten im Schlachtgetümmel wollten sie dieses Stückchen Landesgeschichte beschützen. Dieses Gemeingut. Dieses kollektive Gefühl. Pierre schloss sich der Gruppe an, sie hakten ihn ein wie das Glied einer Kette. Und ihn überkam eine ganz eigenartige Empfindung, die er erst am nächsten Tag in Worte würde fassen können. Als er Julie, Jeannot, Tony, Jean-Mi erzählte, dass er sich wie ein Franzose gefühlt habe. Zum allerersten Mal. Tony lachte und machte sich noch eine Flasche Bier auf. »Tja, aus einem Frankreich, das es nicht mehr gibt.« Und Pierre erwiderte: »Aber es hat es mal gegeben. Und das bedeutet, es ist immer noch da.« Jeannot mischte sich ein: »Nur weil es was mal gegeben hat, muss es nicht immer noch da sein, Pierrot. Frag mal die Dinosaurier. Oder den Dodo.« Alle lachten. Pierre lächelte. »Doch. Im Permafrost. Eines Tages wird man Dinosaurier im Permafrost entdecken. Und weißt du, was der Permafrost von heute ist?« Selbst Julie sah ihn jetzt an, als wäre er von einem anderen Stern. Oder sternhagelvoll. »Unser Herz«, verkündete Pierre. »Da steckt alles drin, aber wir hören nicht drauf. Das ist mir gestern in Paris klar geworden.« Zehn Tage später sollte der junge Präsident seinen Träumen eine kalte Dusche verpassen.

Blau

Zeroual ist ein in den ländlichen Gegenden von Marokko und Algerien recht verbreiteter Familienname. Auf Berberisch bedeutet er »der mit den blauen Augen«. Auch eine französische Familie trägt ihn, die sich Anfang des letzten Jahrhunderts hier niederlässt, sehnsüchtig erwartet von den Arbeitgebern, die mit den kabylischen Kräften die Streiks der Italiener in den Ölmühlen und Seifenfabriken von Marseille brechen. Von 1914 an benutzt man sie dann als Kanonenfutter. Und der Krieg ist gefräßig. Die Überlebenden oder ihre Söhne werden anschließend von Industrie und Bau angeheuert – der Wiederaufbau erledigt sich nicht von selbst –, und manchen Frauen zurück in der Heimat bleibt nur ihre Stimme, um zu klagen und *timnadin*-Gedichte zu singen, über das Exil, die Minen, die Verlassenheit, über dieses männerstehlende Frankreich. Später klopfen sich einige Nachkommen den Dreck von den Händen und fangen an, die Welt zu verzaubern. Piaf. Camus. Adjani. Fellag. Bashung. Und viele mehr. Sie werden zum Stolz der Nation. Man könnte also durchaus erwarten, den Namen Zeroual auf den Klingelschildern zwischen den Charpentiers, Duvals, Dumonts und Lemoines zu finden, aber nein. Er steht neben den Mukangas, Belkacems, Osmanis und Diakités in den Eingangsbereichen hingeklotzter Hochhäuser, denn bei der sozialen Durchmischung hat sich Frankreich noch nie besonders hervorgetan. Nehmen wir nur den großen Jacques, der in seiner Rede von Orléans »Lärm und Geruch« der Ausländer anprangerte, haha, was haben sie gelacht, die tausenddreihundert anwesenden Parteimitglieder, und erst recht, als er mit dem Mikro in der Hand und einem Glas Bier vor sich hinzufügte: »Da wird der französische Arbeiter nebenan doch verrückt«, und diese Worte, scharf wie Spatenhiebe, zogen einen Graben zwischen die Menschen, rollten den roten Teppich des Misstrauens aus für den hasserfüllten Einäugigen und seine Tochter Marine. Und obwohl sich die Zerouals nach all dieser Zeit voll integriert, französisch wähnten, trug ein jedes Familienmitglied im Herzen einen grauen Schleier, einen unauslöschlichen Kummer, eine tiefe Enttäuschung. Große Wut, auch hier – und vor der Wut der Menschen sollte man sich hüten. Große Wut, weil sie nie zu Brüdern geworden waren, obwohl sie den Tribut gezahlt hatten. Geschuftet. Geblutet. Weil man sie in Vororte abgeschoben und sich selbst überlassen hatte. Weil sie immer Ausländer geblieben waren. Araber. Kanaken. Vorsicht vor den Worten. Sie sind schlüpfrig. Entgleiten uns. Entgleisen. Zerfleischen. Dieser grandiose Reinfall wurde zum Nährboden für eine andere Kultur, eine radikalere, beinahe verzweifelte, wie seit jeher, wenn eine Minderheit sich ausgegrenzt fühlt. Gefährdet. Schließlich muss man dort, wo man lebt, auch überleben. Ahmed Zeroual war Witwer. Seit dreißig Jahren arbeitete er bei Chemicals in der Fabrik, in einem Vorort von Lille, jeden Tag hin und zurück mit dem Zug und jeden Tag eine Nase voll Phosphate, Polyurethan und

Kunstharz. Mit seinen drei Kindern wohnte er in einer kleinen Siedlung, Käfige irgendwo im Nirgendwo, wo die Straßen wie Vögel hießen, Lerche, Nachtigall, Taube, und einen Ausbruch versprachen, der niemals kam. Er hatte zwei Söhne, Bakki und Lizul, neunzehn und einundzwanzig, und eine Tochter, Djamila, fünfzehn. »Die strahlend Schöne«. Für Geoffroy blieb Djamilas Schönheit etwas Abstraktes, weil seine Logik sie anders kategorisierte. Er liebte sie aus mehreren Gründen. Weil ihre Augen veronesergrün waren. Weil ihre Hand die seine mit dem perfekten Druck zerquetschte, wenn sie die Schule erreichten, und so jedes Mal dem Schwarz den Schrecken nahm. Weil sie, genau wie er, Bäume mochte. Die Namen der Winde. Die Einsamkeit. Dieselben Filme. Dasselbe Lied. Geoffroy liebte tausend, zehntausend Teile von Djamila. Nicht das Ganze, das war unmöglich, denn die Schönheit eines Ganzen erkannte er nicht. Djamila gefiel es, ein Puzzle für ihn zu sein. Es machte jeden Millimeter von ihr unendlich kostbar.

Vergoldet

Als Djamila auf dem Markt, der jeden Donnerstag im Morgengrauen in die Siedlung kam, zwischen all den skurrilen Klamotten – man fand dort noch Karting-Hosen, Wildlederröcke mit Fransen, Ponchos – ein Markenhandtäschchen entdeckte, überschlug sich ihr Herz fast. »Natürlich ist das ’ne Fälschung, was glaubst du denn, Mädel, bei dem Preis?« Danach rannte sie den Rest des Weges, um pünktlich auf die Sekunde an der Ecke der Rue du Lavoir zu sein. Kaum sah sie Geoffroy, machte sie einen anmutigen kleinen Satz. »Guck mal!«, rief sie, »guck, das sind wir!« Auf dem vergoldeten Metallverschluss prangte das Logo von Dolce & Gabbana. D&G.

Aschgrau

Der Himmel hatte sich jäh verdunkelt, der gesamte Klang des Waldes hatte sich verändert. Die Blätter der Bäume flatterten, ihr Rauschen verschmolz mit dem der auffliegenden Vögel. Totes Holz knackte unter den Pfoten der Tiere, die zurück in ihren Bau oder ihr Revier huschten. Die Eichhörnchen und die Marder waren verschwunden, die Insekten schwirrten nicht mehr. Wie ein böser Geist spukte der Wind durch den Wald, prallte gegen die Baumstämme, die einer riesigen Orgel mit rindenummantelten Pfeifen gleich musikalische Klagen ausstießen. Die Kronen säuselten Elegien. Die Gesänge einer Mutter. Dann plötzlich ein Donnerschlag. Wie eine Explosion. Der Zorn der Pachamama. Ein Krieg, nur einen Steinwurf entfernt. Djamila und Geoffroy versuchten im Zickzack zurück zum Waldrand zu gelangen, im Schutz der kleinsten Bäume, weil Blitze, so erklärte Geoffroy, immer den kürzesten Weg wählten. Einen einsamen Baum mitten auf einem flachen Feld zum Beispiel oder die höchsten Wipfel eines Waldes. Aber sie mussten sich beeilen, weil durch den Überschlageffekt die elektrische Ladung auch alles ringsum treffen konnte. Und so manche hundertjährige Korkeiche hatte schon Brände und die Gier der Menschen überlebt, nur um bei einem Unwetter von einer Windböe ausgerissen zu werden. »Lauf!« »Aber das bringt nichts, Djamila, ein Blitz ist einhunderttausend Kilometer pro Sekunde schnell, das ist fast dreihunderttausendmal schneller als der Schall und mehr als acht Millionen Mal schneller als wir.« »Hör auf zu reden, Geoffroy, und lauf! Lauf! Nimm meine Hand!« Es fing an zu regnen. Stark. Staubig. Schwer. Das Laub auf der Erde glänzte, wurde rutschig. Gefährlich. »Lauf!« Heller Dampf stieg vom Boden auf. Pilzgeruch tränkte die Luft. Ausdünstungen von Moder und Tod. Sie waren triefnass. Sie schlotterten. Der Farn peitschte gegen ihre Beine. Die Dornen der Brombeersträucher kratzten ihnen die Haut auf, warmes Blut quoll heraus, mischte sich mit dem Regen und malte ihnen rote Stiefel. Die verirrten Kinder hetzten weiter. Zwei Rehkitze in einem Holzkäfig. Der Donner grollte direkt über ihnen. Ein Blitz entflammte einen Baum. Wie ein Streichholz, das man anreißt, wie Phosphor, der blendet und sofort wieder erlischt. Auf einmal tauchte ein paar Meter vor ihnen ein Stein auf, riesig, aschgrau, schillernd. Der Stein rollte auf sie zu. Der Stein schrie: »Hierher!« Der Stein brach auf, spaltete sich. Und Hagop Haytayan winkte sie unter den Schutz der großen Plane, barg sie wie zwei Ertrinkende. Später, als das Gewitter langsam weiterzog, nahm er sie mit in die Hütte, die er als Kind gebaut und seither Jahr für Jahr vergrößert, verschönert hatte. Er gab ihnen Handtücher und schürte den Ofen an, mit Birkenholz, wie Geoffroy bemerkte, »das brennt gut, aber zu schnell, finde ich.« Hagop lächelte. »Deshalb kombiniere ich es mit harten Hölzern. Heute mit Ulme und Hainbuche.« Jetzt lächelte Geoffroy, was ziemlich selten vorkam. Außer bei Djamila. Und Hagop machte ihnen etwas Heißes zu trinken. Draußen wurde der Regen immer heftiger – Tausende winzige Kugeln, die auf das Holzdach einprasselten und einen Heidenlärm veranstalteten. Drinnen tauten die Kinder allmählich wieder auf, auch wenn Djamila noch zitterte. Und so brachte dieses schreckliche Unwetter, das die zehn umliegenden Dörfer in Dunkelheit tauchte, ein halbes Dutzend Bäume entwurzelte und einen siebzigjährigen Autofahrer das Leben kostete, als er durch unkontrollierbares Aquaplaning an der Kreuzung von Toutvent in einen Sechsunddreißigtonner krachte – die Feuerwehr brauchte über eine Stunde, um die Leiche des armen Mannes zu befreien –, drei Menschen in Eintracht und Frieden zusammen: Hagop Haytayan, Sohn und Enkel armenischer Migranten, die 1922 nach Marseille gekommen waren, Djamila Zeroual, Urenkelin berberischer Migranten, die einige Jahre vor den Haytayans im selben Hafen angelegt hatten, und Geoffroy Delattre, dessen Familie innerhalb von zwei Generationen kaum hundert Kilometer weit hatte migrieren müssen, und diese bunt gemischte Stichprobe der Welt war selten und schön. Sie vereinte einen alten Mann, der sich sorgsam sein Stückchen Kindheit bewahrt hatte, genau wie seine Mutter Antarame es sich für ihn erträumt hatte, und zwei Kinder, die Kinder bleiben wollten, weit weg von der Gewalt der Erwachsenen, von all dem Verrat. An jenem Tag erklärte Hagop den beiden jungen Liebenden, dass seine Hütte nun ihnen gehöre. Er gab ihnen den Schlüssel. Erzählte ihnen vom Blitzableiter. Vom Solarpanel, das das Wasser heizte. Von der Schaufel draußen für die Notdurft. Er erwähnte auch den Gemüsegarten, »aber da gehen wir morgen oder übermorgen hin, wahrscheinlich muss alles neu bepflanzt werden«. Dann sagte er mit der Weisheit seiner Mutter Antarame, die köstlichen Honigkuchen gebacken hatte: »Passt gut auf. Die Erwachsenen vernichten alle, die sie an das erinnern, was sie in sich selbst vernichtet haben.« Geoffroy runzelte die Stirn, Djamila nahm seine Hand, drückte sie fest, und der Regen versiegte.

Neonorange, Fahlgelb

»Warum bin ich nicht wie die anderen, Maman?« , fragte Geoffroy. Er war acht Jahre alt. Er erkannte sich nicht immer im Spiegel. Er wusste nicht, welchem Geräusch von vielen er lauschen sollte, weil er alle gleich laut wahrnahm. Einmal war er mit seinem Vater bei Auchan gewesen, und alles hatte ihm mit derselben Intensität entgegengeschallt. Die Werbung aus den Lautsprechern. Das Rattern der Einkaufswagen auf den Fliesen. Das Piepen der Scanner an den Kassen. Das Schreien der Kinder. Die Gespräche. Das Rascheln der Papiertüten. Das Krachen der Messer, die totes Tier auf Hackblöcken aus Edelstahl zerteilten. Die Stimme seines Vaters. Er hatte einen Anfall bekommen. Sich auf dem Boden gewälzt. Geschrien. Die Sanitäter und Sanitäterinnen waren herbeigelaufen, hatten ihn auf einer Trage weggebracht. Und Pierre hatte sich geschämt. Gedemütigt gefühlt. Obwohl er, wenn es nach Louise gegangen wäre, hätte schreien sollen: »RUHE! HALTET ALLE DIE KLAPPE! Ihr macht zu viel Lärm, das erträgt mein Sohn nicht. Ihr tut ihm weh.« Danach hatte Geoffroy seinen Papa nie wieder bei der Arbeit besucht, ihn nie wieder in der schwarzen Uniform gesehen, mit dem großen Walkie-Talkie am Gürtel anstelle der Sig Sauer der Polizei, der Taschenlampe, dem Pfefferspray und der neonorangefarbenen Armbinde, und sein Papa hatte sich endgültig von ihm entfernt. Geoffroy geriet in Panik, wenn man ihm eine Frage stellte, die eine synthetische Antwort verlangte, deshalb lernte er unzählige Fakten auswendig, von der Geschwindigkeit eines Blitzes bis zu den sechzigtausend Baumarten, von Pablo Picassos Biographie (auch wenn er Schwierigkeiten hatte, dessen Wortwechsel mit Otto Abetz einzuordnen, damals Hitlers Botschafter in Paris, als jener den Künstler beim Anblick von *Guernica* gefragt hatte: »Ist das Ihr Werk?«, und der geantwortet hatte: »Nein, Ihres!«) bis zur Größe des unterirdischen Wasserreservoirs der Nordsahara, in der Hoffnung, daraus immer etwas Passendes schöpfen zu können. Er kniff auch bei besten Lichtverhältnissen die Augen zusammen. Spuckte Essen wieder aus, wenn es zu scharf, zu salzig, zu süß war. Schon der leiseste Geruch nach Käse oder Schweiß störte ihn. Er schaute zehnmal denselben Film. Eines Tages musste der Hund der Nachbarn eingeschläfert werden, mit dem er gerne gespielt hatte. Und weil das Tier im Jahr zuvor acht Tage lang neben Geoffroys Bett ausgeharrt hatte, als er an Ringelröteln litt – eine fiese Sache, sein Gesicht, seine Unterarme und seine Oberschenkel waren wie mit Johannisbeermarmelade bestrichen gewesen –, wollte er es nun unbedingt seinerseits begleiten, und Louise und die Nachbarin nahmen ihn mit zum Tierarzt. Der Mann erklärte ihm, was dem Hund fehle. Lähmende Arthrose, sehr schmerzhaft. Was er tun werde. Zuerst ein Beruhigungsmittel. Anschließend die Injektion. Die Überdosis des Narkotikums. Damit das Tier friedlich einschlafe. Geoffroy betrachtete die zerzauste Schnauze des Wasserspaniels, schaute in die fahlgelben Augen, dann schlug er gegen den Schreibtisch des Tierarztes und fing zum ersten Mal in seinem Leben an zu weinen. Er hatte soeben die Traurigkeit kennengelernt. Sein erstes Grundgefühl. Jetzt konnte Louise ihm endlich eine Antwort auf seine Frage geben. »Du *bist* wie die anderen, Geoffroy, ganz genau wie sie.«

Gelb

Zwanzig-Uhr-Nachrichten auf TF1. Der Präsident erscheint. »Mit ’nem Stockschirm im Arsch«, meint Tony. »Wieder mal sehr gewählt ausgedrückt, mein Lieber«, bemerkt Jeannot. »Du hättest auch einfach Schnösel sagen können.« »Ungehobelter Klotz!« »Ach, spar dir dein Gesäusel für die Mädels. Noch ’ne Runde, Lolo.« »Pst!« Die Lage ist ernst. Die Mienen sind traurig. Ziemlich viel Make-up, der Herr Präsident. Zerknittertes Hemd. Am Hals mehr schlecht als recht rasiert. Nur die kunstvoll nach vorne gekämmte Strähne, die den lichten Haaransatz kaschieren soll, sitzt wie immer perfekt. Jetzt spricht er. »Diese Wut kann eine Chance sein.« An der Theke werden sofort Buhrufe laut. »Ich habe sie gesehen, all die mutigen Frauen, die an so vielen Kreisverkehren ihrer Not Ausdruck verliehen haben.« »Wir haben dich aber nicht gesehen, kleiner Playboy, wir sind dir wahrscheinlich zu jung, was?«, ruft eine Frau. Schallendes Gelächter. Schließlich das wirklich Wichtige: »Der monatliche Mindestlohn wird ab 2019 um hundert Euro angehoben, ohne dass es den Arbeitgeber einen Cent kostet.« Bitte schön. Hundert Piepen. »Ein Zugticket von Valenciennes nach Marseille und zurück«, rechnet Pierre vor. »Eine Tankfüllung Diesel für ’nen Megane und ein Kanister Scheibenwischwasser. ’ne Jeans und ein Paar

Sneaker. Dreiundzwanzig Happy Meals. Das ist also die Antwort des Präsidenten auf die weiß glühende Wut.« »Alles Verarsche!«, brüllt ein anderer. »Augenwischerei! Der Mindestlohn soll sowieso um zwanzig Euro steigen. Der Rest ist die Beschäftigungsprämie, die einfach früher ausgezahlt wird. Aber die gibt's nicht für jeden.« Tony trumpft auf: »Der Kerl lässt sich mit unserer Kohle 'nen Swimmingpool für fünfunddreißigtausend Euro bauen und erklärt dann, Zitat: ›Ich mag keine Pools, das Meer ist mir tausendmal lieber.‹ Geht's noch?« »Du wirfst alles durcheinander, Tonino«, meint Jeannot lächelnd. »Das Geld für seinen Pool hat nichts mit uns zu tun. Wenn wir anfangen, so zu denken, haben wir schon verloren. Da werden wir bloß grün vor Neid, und dann sind wir richtig geliefert.« Pierre leert sein Bier auf ex, als wollte er ein Feuer in seinem Inneren löschen, knallt das Glas mit der Wucht eines Hammerschlags auf die Theke. »Noch eins!« Entschuldigt sich sofort. »Bitte, Lolo.« Tony lässt nicht locker: »Und was ist mit der Narbenfresse Griveaux, der uns bloß die ›Raucher und Dieselfahrer‹ nennt, diesem Arschgesicht? Oh, Pardon, Herr von und zu Arschgesicht. Der ist doch Regierungssprecher, oder?« »Hmpf, eher Regierungsschlächter«, erwidert Jeannot. »Weil seine Worte uns töten.« »Du bist ja ein richtiger Poet«, schäkert Julie. Die Jungs zünden sich Zigaretten an. Heute Abend wird auf das Gesetz vom 10. Januar 1991 geschissen, das Rauchen an öffentlichen Orten verbietet. Fickt euch mit euren neuen Gesetzen im Zweiminutentakt. Heute Abend holen wir uns unsere Rechte zurück, unsere Freiheit. Heute Abend ist die Enttäuschung dumpf. Und gewaltig. Sie frisst sich in die Eingeweide eines jeden. Wie ein Geschwür. Der Graben zwischen dem Volk und der Regierung ist zu tief. »Hundert Piepen«, brummt Pierre. »Der glaubt echt, er kann uns mit hundert Piepen kaufen.« Jeannot verkündet mit fiebrigem Blick: »Laut Machiavelli ist es das beste, aber auch das schwierigste Mittel zum Machterhalt, das Volk glücklich zu stimmen.« »Tja, so wird das nichts«, stößt Pierre hervor. »Nicht mal ansatzweise. Davon sind wir noch Welten entfernt.« Sie trinken weiter. Der Qualm von früher erfüllt die Kneipe. Ein Film von Truffaut. Eine Szene von Godard. Belmondo mit der Fluppe im Mundwinkel. Damals, als man im Kino noch rauchen durfte. Aus der klapprigen Jukebox, die nicht mehr neu bestückt wurde, seit Singleschallplatten aus der Mode gekommen sind, dröhnt *Allô Maman Bobo*, und plötzlich stimmen alle mit ein, schreien ihren Kummer hinaus, der Alain Souchons Kummer ähnelt: »Mir geht's schlecht auf dem Land und schlecht in der Stadt/Vielleicht bin ich einfach zu zart.« Ein paar fangen sogar an zu tanzen. Der Alkohol betäubt die Wut. Die Frauen lachen laut, die Männer finden sie schön. Lolos Kneipe wird zum Nachtklub. Morgen müssen sie wieder den Wachmann bei Auchan, den Aufseher im Gefängnis von Douai, den Obst- und Gemüsesortierer bei der Agrargenossenschaft mimen. Morgen müssen sie wieder die gelbe Uniform anziehen, aufs Schlachtfeld zurückkehren, vorrücken, immer weiter, die Bastille stürmen, die Regierung stürzen, Neuwahlen organisieren, die Brüderlichkeit wiederentdecken, das Salz der Menschheit. Als Pierre später in der schneidenden Kälte der Nacht nach Hause zu seiner Frau und seinem Sohn läuft, ist ihm zum Weinen zumute.

Signalblau

Am nächsten Tag in der Pause hatte Djamila sich wieder neben Geoffroy gesetzt. Ihm wieder den Song von John Lennon vorgespielt, gesungen von Davina Michelle, »das ist meine Lieblings-Youtuberin.« Und zum ersten Mal hatte sie den Jungen lächeln gesehen. Er war wunderschön. »Du solltest öfter lächeln«, sagte sie, und sofort verflog das Lächeln. Obwohl er zwei Jahre jünger war als sie – zwei Jahre waren in diesem Alter ein halbes Leben –, war er ihr schon zu Beginn des Schuljahrs aufgefallen. Er trug immer einen großen signalblauen Kopfhörer, der mit keinem Gerät verbunden war, das fand sie seltsam, wahrscheinlich machten die anderen sich deshalb seit dem ersten Tag über ihn lustig, »was für ein Spasti, der hat vergessen, seinen Kopfhörer einzustöpseln, Scheißmongo, der hat keinen Ton, Charlie Chaplin für Arme, lol, Alter.« Als sie ihn mittags immer noch verarscht hatten, hatte er sich bis zum Ende der Pause hinter die Platane geflüchtet und Djamila war tief beeindruckt gewesen von seiner ausbleibenden Wut, dem Schweigen, das er seinen Peinigern entgegensetzte. Statt als Zeichen der Feigheit hatte sie es als seinen Weg gesehen, unerreichbar zu werden. Unangreifbar. In seiner eigenen Welt zu leben war die einzige Möglichkeit, sich allen Reichtum, alle Verheißungen zu bewahren. Mit ihrem Rehkörper, den veronesergrünen Augen, der ebenmäßigen Haut war sie schon jetzt ein Leckerbissen für die ganzen Typen, die sie auf der Straße angafften und ihr hinterherpfiffen, *khouyas*, Brüder, die ihr eine Spritztour mit dem Roller anboten, mit ihrem Schlitten, einen Blowjob im Fahrradraum, »na komm, stell dich nicht so an, das schadet deinem Jungfernhäutchen nicht« – Gott hatte den Männern nur Zähne und Klauen gegeben –, dabei hatte sie immer von Zärtlichkeit geträumt, von Langsamkeit in dieser herrlichen, verlorenen Welt, die man niemals verlassen sollte, wie Antarame, die Maman mit den Honigkuchen, ihrem Sohn Hagop, dem inzwischen knapp siebzigjährigen Kind, eingebläut hatte. Der Welt der Kindheit. Dieser Welt hatten ihre großen Brüder Bakki und Lizul eines Morgens urplötzlich den Rücken gekehrt, indem sie Jeans und T-Shirt gegen den Qamis getauscht hatten. Ahmed Zeroual, ihr müder Vater mit der chemikalienzerfressenen Stimme, hatte zu ihnen gesagt: »Ich verstehe es, ich versteh's ja, aber warum auffallen, *wladi*, meine guten, schönen Söhne? Dieses Land, das wir lieben, mag keine Abweichungen, und seit den Grausamkeiten hat sich diese Abneigung in Hass verwandelt. Bleibt doch in der süßen Sicherheit des Schattens.« Bakki und Lizul hatten stolz geantwortet, dass nach einem Hadith der Qamis das bevorzugte Kleidungsstück des Propheten gewesen sei. Ihn zu tragen bedeute, seinem Glauben und seiner Weisheit nachzustreben. »Außerdem lassen wir die schon viel zu lange auf uns rumtrampeln, genau wie du, Papa, schau dir an, was sie mit deinem Leben gemacht haben, mit deinen Händen, deiner Stimme, dieses Land hat uns wie Hunde mit Knochen hergelockt, nur um uns dann damit eins aufs Maul zu geben, es wird Zeit, dass es uns endlich sieht. Uns respektiert. Vergiss nicht, die Tochter des Einäugigen, die *majnuna*, hat es sogar bis in die Stichwahl geschafft.« Da hatten Tränen Ahmeds eingefallene Wangen zerfurcht, und seine zerfleischten Finger hatten noch stärker gezittert. Später in der Nacht war seinen kummervollen Lippen ein kostbares Wort entschlüpft. Eine Perle. *Smahli.* Er hatte gebetet, dass dieses Wort den Weg ans Ohr seiner Frau finden werde, der schönen Lahna, die vor vierzehn Jahren ihren letzten Atemzug getan hatte, gleichzeitig mit dem ersten ihrer Tochter. *Smahli.* Es tut mir leid. Meine Frau. Meine Lahna. Verzeih mir, meine Wunderschöne. Und in dieser Welt, in der Väter immer befürchten mussten, dass die Wut ihrer Söhne auch sie vergiftet, sie entflammt und alles um sie herum niederbrennt, hatte Djamila eine Insel entdeckt. Ein kleines Stück vom Land Antarames. Diesen Jungen. Und sie hatte beschlossen, dorthin zu flüchten. »Du kannst mich nach der Schule nach Hause bringen«, bot sie ihm auf dem Pausenhof an. Er sagte Nein. »Nein, ich darf keine Wege gehen, die ich nicht kenne.« »Wie wär's dann, wenn ich dich nach Hause bringe?« Der Junge runzelte die Stirn. Und willigte schließlich ein. »Unter der Bedingung, dass du nicht auf meiner Seite des Bürgersteigs läufst. Und dass du deine Schritte um dreizehn Zentimeter verkürzt, denn nach deiner Größe zu urteilen, beträgt deine Schrittlänge ungefähr fünfundsiebzig Zentimeter, meine aber nur zweiundsechzig. Und dass du den Jack Russell Terrier in der Rue de la Rigole 17 nicht streichelst, denn ich glaube, der beißt, obwohl er so zahm tut.« Djamila lachte verdutzt auf, ehe sie sich, fast instinktiv, wie wenn man unwillkürlich etwas tut, weil man nicht die Worte findet, die man eigentlich flüstern will, vorbeugte und ihm einen Kuss auf die Wange hauchte, federleicht, schwerelos wie Pusteblumensamen, etwas, das nicht einmal seiner Mutter spontan möglich war. Und Geoffroy reagierte unerwartet. Nämlich gar nicht. Er schrie nicht. Igelte sich nicht ein und wälzte sich nicht auf dem Boden herum. Schlug sich nicht auf die Ohren. Er drehte sich einfach zu dem Mädchen und fragte: »Also gehörst du zu den Netten?«

Gelb vor Wut

Heute Abend war er an der Reihe, bei Geoffroy zu bleiben. Louise arbeitete von Freitag, den 14., auf Samstag, den 15. Dezember 2018. Röcheln in der zwölf, Marie-Christine Rambaud, siebenundsechzig Jahre, Drüsenepithelkarzinom. Albträume in der acht, Luis Pequeño, achtundachtzig Jahre, Leiomyosarkom. Danach kamen sie wieder in ruhiges Fahrwasser. Eine Nacht wie jede andere. Pierre war also mit seinem Sohn zu Hause. Sie schauten einen Film, *About a boy*, und mittendrin fragte Geoffroy ihn, ob er morgen auch wieder demonstrieren gehen würde. »Ja, und diesmal gehst du mit, mein Junge, weil deine Mutter nicht da ist und niemand auf dich aufpassen kann, außerdem tut es dir gut, wenn du mal siehst, wofür wir kämpfen. Welche Ungerechtigkeiten uns auf den Hund bringen. Wird Zeit, dass du echtes Leid mitkriegst, alles, was uns aufreibt, dass du aus deinem Elfenbeinturm rauskommst.« Geoffroy zuckte die Schultern, weil der Ausdruck Elfenbeinturm eigentlich aus dem Hohelied stammte, wo ein Hals damit verglichen wurde, und erst von Charles-Augustin Sainte-Beuve in einem Gedicht zur heutigen Bedeutung verzerrt worden war. Aber er verkniff sich jeden Kommentar. Er erklärte nur, dass er auf sich selbst aufpassen könne, das habe er schon viele Male getan. Er habe

Bücher, DVDs, Hausaufgaben, seine Freundin Djamila, »ach, das mit Djamila hält doch keine fünf Minuten«, unterbrach ihn sein Vater, »du bist erst dreizehn, und sie ist quasi erwachsen, außerdem ist ihre Familie … anders als wir, du weißt schon.« »Sie sind auch Franzosen, Papa, und Djamila geht auf meine Schule.« »Das reicht, spiel hier nicht den Schlaumeier, Geoffroy, nicht mit mir«, und seine Stimme wurde ärgerlich, »ich bin dein Vater, also gehorchst du mir, klar? Aufstehen fünf Uhr, Abfahrt fünf Uhr dreißig.« Geoffroy protestierte nicht, denn ein Vater war nun einmal das Gesetz. Am nächsten Morgen saß er um Punkt fünf Uhr in der Küche, den signalblauen Lärmschutzkopfhörer auf den Ohren, die Jacke auf dem Schoß. Wartete panisch. Zwanzig Minuten später kam sein Vater herunter. Brummte: »Los geht's.« Machte sich einen doppelten Espresso mit der Maschine, die er für ein Butterbrot bei Auchan bekommen hatte, ein Ausstellungsmodell, mehrfach heruntergefallen, weshalb das Gehäuse an zwei Stellen gebrochen war. Er trank einen kräftigen Schluck Cognac, dann schob er sich den Flachmann in den dicken Anorak und trat, gefolgt von Geoffroy, hinaus in die Kälte. Draußen stand schon Tonys Kangoo, Motor im Leerlauf, ausgeschaltetes Licht, beschlagene Fenster – wie der Fluchtwagen bei einem Banküberfall im Film. Drinnen saßen Jeannot und Julie, mit Mützen und Wollhandschuhen. Sie sahen aus wie Gangster. Pierre und sein Sohn quetschten sich auf die Rückbank, und der Wagen verschmolz mit der Dunkelheit. Sie kamen am Kreisverkehr vorbei, wo sie seit drei Wochen protestierten. Ein paar Leute waren bereits da, wärmten sich an den Feuerschalen, reichten Kaffee und Hochprozentiges herum. Als sie die Straßensperre öffneten, um den Kangoo durchzulassen, stießen sie Schlachtrufe aus: »Die unbeugsamen Gallier!« »Auf in den Kampf!« »Wir sehen gelb vor Wut!« Pierre winkte belustigt, wie ein Popstar, und Tony fuhr weiter, noch ungefähr zwanzig Kilometer die Landstraße entlang. Inzwischen war es sechs Uhr. Die Stadt schlief. Vor dem Finanzamt parkte ein Auto. Offener Kofferraum. Drei Kerle. Alle rauchten. Tony hielt dicht hinter ihnen und stellte den Motor ab. Sie stiegen aus. Schweigende, raue Umarmungen. Danach Geflüster. Die Gruppe versammelte sich um den Kofferraum. Alles war bereit. Schließlich holte Pierre seinen Sohn heran. »Du wirfst als Erster.« Geoffroy betrachtete die Bierflaschen mit den zugeschnürten Hälsen. Er roch Benzin. Seine Grimasse war beinahe witzig. Er drehte sich zu seinem Vater, mit dem gleichen Gesichtsausdruck wie der Wasserspaniel auf dem Tisch des Tierarztes. Derselben Verzweiflung im Blick. Er nahm all seinen Mut zusammen und erwiderte: »Nein, das kann ich nicht, das ist verboten.« Die anderen warteten gespannt, wie Pierre reagieren würde. Der blieb ruhig. Er beugte sich vor, um mit seinem Sohn auf Augenhöhe zu sein. Er versuchte seine großen Pranken auf die kleinen Schultern zu legen, doch Geoffroy wich zurück. »Es ist wichtig, dass du es machst, verstehst du? Du bist ein Symbol. Ein Symbol für die Zukunft. Und wir verteidigen hier die Zukunft von allen. Von Tony, von Julie, von Jean-Mi und seinen Kids.« »Aber es ist verboten, Papa. Das darf man nicht.« Ruckartig richtete Pierre sich wieder auf. Ein Damm brach in ihm. Er schlug einen anderen Ton an. »Du tust gefälligst, was ich dir sage.« Er bellte: »ICH BIN DAS GESETZ! UNSER ALLER LEID IST DAS GESETZ!« Geoffroys Körper fing an, sich vor und zurück zu wiegen. »ICH BIN DEIN VATER, ALSO GEHORCHST DU MIR. WAS HIER VERBOTEN IST, IST DEIN UNGEHORSAM! Ich zünde jetzt den Stoff an dieser Scheißflasche an, und du schmeißt sie mit aller Kraft gegen die Wand da. Kapiert?« Geoffroy schlug mit den Händen gegen den Kopfhörer. Um Lärm zu erzeugen. Die Stimme seines Vaters zu übertönen. Jeannot trat vor, aber Pierre fuhr mit bleichen Lippen fort: »Ach, verschon mich mit deiner Scheiße, Junge! Glaubst du, dass sich alles von allein regelt? Dass es reicht, ein Buch zu lesen? Ein Lied zu hören? Werd endlich erwachsen, verdammt, mach die Augen auf! Wer nicht kämpft, hat schon verloren.« »Pierre!«, rief Julie. Doch Pierre war taub. »Wenn wir weiter kuschen, uns mit den Krumen der anderen zufriedengeben, den hundert Piepen, dann sind wir erledigt.« Mittlerweile zuckte Geoffroy unkontrolliert. Julie ging dazwischen, wollte ihn in den Arm nehmen, aber er stieß sie weg. Also brüllte sie: »Hör auf, Pierre, beruhig dich, er ist doch noch ein Kind!« »Ganz genau, und zwar meins, verdammte Scheiße, wenn du selbst eins hinbekommen hättest, könntest du mitreden.« Julie verzog spöttisch den Mund. »Du bist ein Arschloch, Pierre, ein Riesenarschloch«, und Pierre zündete, blind vor Wut, den Stoffstreifen an und drückte seinem Sohn den Molotowcocktail in die Hand, der ihn vor sich warf, gerade sechs Meter weit, nicht einmal in die Nähe der Hauswand. Die Flasche zerbrach auf dem Pflaster, das Benzin verteilte sich und fing sofort Feuer. Schnell warfen auch die anderen ihre Flaschen, die Flammen erfassten die Eingangstür des Finanzamts und brachten das Plastikschild darüber zum Schmelzen. Fensterläden flogen auf. Menschen schrien. Die beiden

Autos fuhren mit quietschenden Reifen an. In der Ferne ertönte eine Sirene. Im Kangoo hämmerte Geoffroy den Kopf gegen die Scheibe. Das Plastik seines signalblauen Kopfhörers brach. Seine Arme wirbelten durch die Luft. Tony murmelte: »Diesmal bist du zu weit gegangen, Pierrot, du musst damit aufhören, dir Hilfe suchen«, und Pierre spie Worte aus, die noch nie jemand aus seinem Mund vernommen hatte, Worte eines überforderten Vaters, eines schwachen, knochenlosen Mannes, »ihr habt ja keine Ahnung, wie es ist, so einen Sohn zu haben, einen Jungen, der euch anschaut, ohne euch zu sehen, der nicht weint, wenn er sich verbrennt, der so geschwollen daherredet, dass ihr nie wisst, ob er einen an der Waffel hat oder euch verarscht. Ich konnte ihn nie in die Arme schließen, ich weiß nicht mal, wie seine Haut riecht, wie sie sich anfühlt«, dann verstummte er tränenerstickt. Sank in sich zusammen wie ein nasser Sack. »Ich bringe ihn heim«, sagte Julie bestimmt, »lass mich raus, Tony.« Pierre murmelte: »Thomazeau. Da ist seine Mutter. Sie hat Dienst.« An jenem Dezembersamstag gingen in Frankreich sechsundsechzigtausend Menschen auf die Straße. Neunundsechzigtausend Polizistinnen und Polizisten standen ihnen gegenüber. 1,045 pro Gelbweste. Außerdem zählte man den siebten Todesfall seit Beginn der Demonstrationen. Einen Achtundfünfzigjährigen in Erquelinnes an der belgischen Grenze. Unter einen bremsenden Lastwagen geraten. Den achten Todesfall, wenn man das gebrochene Herz eines kleinen Jungen mitrechnete.

Krankenhausblau

Louise eilte sofort aus dem Fünften zur Rezeption hinunter. Sie würdigte Julie kaum eines Blickes, sondern stürzte zu ihrem Sohn, führte ihn in ein verlassenes Wartezimmer. Er zitterte. Immer noch der Wasserspanielblick. Er murmelte: »Ich musste ungehorsam sein, um ihm zu gehorchen.« Sie flüsterte ihm die Worte zu, die seine Anfälle linderten. Ihre geheimen Worte. Die Worte einer Mutter. Ursprünglich. Und so langsam, wie das Meer sich zurückzieht, wich das Grauen aus Geoffroys entkräftetem Körper. Er zuckte nicht mehr. Seine Stirn war eisig. Louise warnte ihn vor: »Ich nehme jetzt deine Hände und reibe sie ganz sanft, um sie aufzuwärmen, ja?«, und Geoffroy sagte: »Mir ist sehr kalt.« Später ließ er den heißen Kakao stehen, weil er anders schmeckte als sonst, willigte aber ein, sich im Bereitschaftszimmer der Pflegekräfte hinzulegen, weil er dort schon einmal geschlafen hatte. Er fragte, ob Djamila kommen könne, Louise versprach sie anzurufen, und er meinte: »Ich glaube dir. Denn ein Versprechen ist ein Schwur, und ein Schwur ist feierlich, und feierlich, Maman, heißt ernst und wichtig.« Louise lächelte. Ihr Sohn war wieder da. Gesund und munter. Noch später, als Louise und Julie allein waren, erzählte Julie, was passiert war. Ihre Lippen bebten. Sie berichtete von Pierres Ausraster. Den

Molotowcocktails. Geoffroys Anfall. Der Flucht, während die Flammen sich in die Tür des Finanzamts fraßen. Sie betonte, dass *sie* Louise' Sohn da habe rausholen, zu ihr bringen wollen. Dass Pierre im Auto geweint und ganz verloren gewirkt habe. Zerrissen. Da unterbrach Louise sie. »Ich dachte, es würde ihm guttun, dich zu ficken, also habe ich ihn gelassen, weil ich neben meinen Patientinnen und Patienten, die dermaßen auslaufen, dass sie Todesangst haben, und meinem Sohn, dieser so wunderbaren wie erschöpfenden Verheißung, keine Energie mehr dazu hatte. Aber anstatt ihm einfach zu geben, was die Männer wollen, musstest du ihn unbedingt trösten. Mutter Julie. Schutzheilige der verlorenen Männer. Der Väter, deren Söhne ein bisschen anders sind als die anderen. Der Ehemänner, deren Frauen nicht mehr auf Kommando blasbereit sind. Heilige Julie, rette mich, rette mich, verstehe mich. Tja, aber Verstehen war dir nicht genug, was? Du hast ihn in seiner Wut bestärkt, eine richtige Gelbweste aus ihm gemacht, einen echten Anführer, der die Scheibenwischer eines SUVs verdrischt, der einen armen Kerl nach dem Tod seiner Frau nicht zum Bahnhof lässt, um seine Tochter abzuholen, der seinen kleinen Sohn dazu zwingt, einen Molotowcocktail auf ein Gebäude zu werfen. Was stimmt denn nicht mit euch, verdammte Scheiße? Reicht es euch nicht, miteinander zu schlafen, müsst ihr jetzt auch noch meinen Sohn da mit hineinziehen?« Plötzlich schlug sie sich die Hand vor den Mund, als wollte sie ihre Worte wieder zurückdrängen. All ihren Zorn. »Entschuldigung. Tut mir leid.« Sie atmete tief durch. Mehrmals. Beruhigte sich. »Du irrst dich, Julie. Pierre ist nicht zerrissen, sondern feige. Ein elender Feigling. Und du hast ihm weisgemacht, er wäre ein Held. Eben das verzeihe ich dir nicht. Du kannst ihn behalten. Ich will ihn nicht mehr. Er ist toxisch geworden, er ist wie du geworden. Böse. Ja. Böse.« Und Julie ergriff weinend die Flucht, wie vor einem Lavastrom, der einen, egal wie schnell man rennt, früher oder später einholt und verschlingt.

Flieder

»Erinnerst du dich noch an den Tag, an dem wir uns kennengelernt haben, Pierre? Diesen Tag des Entsetzens, als die Visage des Zyklopen auf dem Fernsehschirm auftauchte und unsere Träume in tausend Stücke zerbrachen? Die Menge hat mich gestoßen. Ich bin gegen deinen festen Körper geprallt. Du hast genauso fassungslos gewirkt wie ich. Du warst schön. Und traurig. Diese Traurigkeit fand ich am allerschönsten. Ich wollte sie kosten, habe dich geküsst, bin dir gefolgt. Im Morgengrauen haben wir den Schmelzpunkt erreicht, ich wurde deine Frau und habe dich nie mehr verlassen. Drei Jahre lang haben wir wie in einem Märchen gelebt. Mit dir war mir nie kalt. Ich hatte keine Angst. Ich war wichtig. Ich war schön. Ich war kostbar. Kaum klingelte am Abend die Glocke in der Fabrik, bist du zu mir nach Hause geeilt. Du wolltest mich keine Sekunde länger missen, hast du gesagt. Und mich in der Diele, in der Küche, auf der Treppe geliebt, hungrig und sanft. Du hast für mich Flieder aus fremden Gärten geklaut. Wir haben unsere Hoffnung auf eine gerechtere Welt zurückgestellt. Uns auf uns selbst konzentriert. Wir haben versucht unsere Freude zu teilen. Deswegen habe ich im Thomazeau angefangen. Ich wollte denen Freude schenken, die auf die Welt kommen. Jetzt schenke ich sie denen, die sie verlassen. Als ich schwanger wurde, warst du die Zärtlichkeit in Person. Ich erinnere mich noch an die Beeren mitten in der Nacht. An die Wiege, die du eigenhändig gebaut hast, du hast darüber gesprochen, als wäre sie ein menschlicher Leib, der unser Kleines aufnimmt. An die Kinderlieder von Henri Dès, die du auswendig gelernt hast. In deinen Augen lag noch so viel Liebe. Dann wurde Geoffroy geboren, und deine Wut kehrte zurück. Er schrie, sobald wir versuchten ihn in die Arme zu schließen, wir konnten ihn nicht in den Schlaf schaukeln. Nie die Nase in seinem Hals vergraben, nie seinen Duft nach Babypuder und Brioche riechen. Wir hatten ein Kind, das anders war, und das hat aus dir einen anderen Mann gemacht. Du hast die Wiege zerschlagen. Ihm keins der Kinderlieder vorgesungen. Du bist zu Julie gelaufen, obwohl ich dich angefleht habe, nicht die Geduld zu verlieren. Du warst nie mehr wirklich bei uns. Schau dir deinen Sohn heute an. Schau ihn dir an. Er ist schön. Er ist schlau. Er ist freundlich. Er lebt in einer Welt, in der wir beide, du und ich, unseren Platz haben. Einer Welt der Bäume und des Winds, der klugen Worte, einer Welt, in der Wut, Gewalt, das Böse nicht existieren. Dieser Welt, die wir alle verloren haben, die wir verzweifelt wiederfinden wollen. Und er ist sehr verliebt, auch wenn er dieses Wort nicht benutzt, weil sich die Liebe seiner Logik entzieht, sehr verliebt in ein Mädchen, das ebenso außergewöhnlich ist wie er. Wir haben einen wundervollen Sohn, Pierre, und du bemerkst es nicht. Du zwingst ihn zu Dingen, die deinem Zorn entspringen. Du hast ihm wehgetan. Deshalb möchte ich, dass du jetzt gehst. Soll deine Wut andere auffressen, nicht uns.« Pierre sagte kein Wort. Er wischte seine Tränen nicht weg. Als Louise verstummte, stand er auf, stieg nach oben, um ein paar Sachen zu packen, und verschwand, ohne die Tür zuzuknallen, ohne Lärm zu machen, ohne alles, als wäre er nie dagewesen.

Grüntöne

Hagop Haytayans Wald erstreckte sich über zweiundzwanzig Hektar – »das ist sehr groß«, hatte Geoffroy bemerkt, »denn um sich Wald nennen zu dürfen, muss die Fläche nur mindestens fünfzig Ar betragen. Darunter spricht man von einem Gehölz. Die Wälder im Nordosten Frankreichs besitzen zusammen mit denen im Zentralmassiv den artenreichsten Baumbestand.« »Schaut mal da drüben«, hatte Hagop gesagt, »das sind Stieleichen und das da hinten Traubeneichen« – »aber Jungbäume«, hatte Geoffroy ihn unterbrochen, »nicht älter als sechzig Jahre, sonst würden sie schon Früchte bilden, und ich sehe keine Eichelschalen auf dem Boden«, und Djamila hatte lachend einen Blick mit dem alten Mann gewechselt, »er ist verrückt, völlig verrückt«, und der Junge setzte seine Erkundung fort, zeigte ihr Steinpilze und andere Röhrlinge am Fuß der Bäume, zwischen den knorrigen Wurzeln, alle essbar außer dem Satansröhrling, »aber der ist zum Glück recht selten«, ergänzte er und deutete anschließend auf die Zunderschwämme an ein paar kranken Stämmen. »Den Namen tragen sie, weil sie so leicht Feuer fangen.« »So wie ich in deiner Nähe?«, fragte Djamila mit roten Wangen, doch das schien der kleine Botaniker gar nicht wahrzunehmen, der inzwischen in die Suche nach Wulstlingen wie dem Glänzenden Lackporling vertieft war, »übrigens hat ein Wulstling auch 1740 Karl VI. getötet und so das Schicksal Europas verändert«, erklärte er, aber vergebens, denn weder Hagop noch Djamila hörten ihm wirklich zu. Weiter westlich floss ein fischreicher Fluss. Forellen, Äschen, Döbel. »Du kennst dich mit allem hier aus«, sagte Djamila, »du weißt, wie man Feuer macht, Tiere brät, Wasser filtert. Und was du nicht weißt, das weiß Hagop.« Der Wald nährte. Erfüllte. Beschützte. Und in manchen Nächten sang er sogar. Gemeinsam mit Hagop bepflanzten sie den vom Sturm verwüsteten Gemüsegarten neu. Geoffroy bestand darauf, ihn nach Farben zu ordnen. Zuerst die Ockertöne. Kartoffeln, Knollensellerie, Topinambur. Dann die Rottöne. Radieschen, Tomaten, Auberginen, Rote Beete. Und schließlich die Grüntöne. Kohl, Salat, Spinat. Einmal beim Unkrautjäten unterhielten Hagop und er sich über Henry David Thoreau, über die Hütte, die er 1845 für 28,12 Dollar am Walden-See gebaut hatte, über seinen Wunsch, dort ein ganz einfaches, unabhängiges Leben zu führen. »Ein Leben, das genau zwei Jahre, zwei Monate und zwei Tage dauern sollte«, präzisierte Geoffroy. »Pff, so ein Anfänger, dein Ami«, erwiderte Hagop lachend, »ich führe dieses Leben schon seit fünfzig Jahren.« Djamila und Geoffroy sahen einander an. Glücklich. Auch sie wollten hier leben. Geborgen vor der väterlichen Wut. Der männlichen Erregung. Fern von allen Erschütterungen. Weit weg von diesem Land, das jeden Samstag brannte. Vom grassierenden Hass. Der Not. Der Armut – apropos Armut, der Junge hatte von einem Experiment in einem Gefängnis gelesen: Neun Insassen und neun Mitglieder des ehrenamtlichen Bibliotheksteams hatten einander in zwei Reihen gegenübergestanden. Diejenigen, die irgendeine Form von familiärer Gewalt erlebt hatten, sollten einen Schritt auf die andere Reihe zumachen. Alle waren vorgetreten. Schwerwiegende Probleme, direkt oder indirekt? Alle hatten einen zweiten Schritt getan. Missbrauchserfahrungen? Alle einen dritten Schritt. Und zum Schluss: Wer kannte Armut? Acht der neun Insassen hatten einen letzten Schritt getan. Die Bibliothekskräfte hatten sich nicht bewegt. Es war die Armut, die die Menschen voneinander unterschied. Sie trennte. Zur äußersten Gewalt trieb. Es gab achteinhalb Millionen Arme in Frankreich. Denen gegenüber stand ein Premierminister, der für zweihundertfünfundfünfzig Kilometer den Privatjet nahm. Eine Spitzenbeamtin, die achtundvierzigtausend Euro für Taxifahrten verprasste, obwohl sie über einen Dienstwagen mit Chauffeur verfügte. Die Schamlosigkeit schlug die tiefsten Wunden. Setzte die Verlierer noch weiter herab. Verstümmelte sie. Djamila und Geoffroy wollten nicht länger Teil dieser ausweglosen Welt sein. Sie wollten sich ihre eigene erschaffen. Und wie Hagop nur von sich selbst abhängig sein. In den Siebzigern hatte man die Leute noch ausgelacht, die in den Larzac gezogen waren, um Widerstand gegen die Armee zu leisten, die sich vierzehntausend Hektar Land für ihr Übungsgelände aneignen wollte, aber auch, um die Zukunft selbst in die Hand zu nehmen, nicht den Profit regieren zu lassen. Heute träumten alle von dieser Welt. »Hier«, schloss Geoffroy und wies auf die unermessliche Weite des Waldes, »wohnen Stille und Frieden. Hier bin ich zu Hause. Im Land von Antarame. Auf der Erde der Pachamama.«

Aquamarin

Natürlich flüchtete Pierre zu Julie, nachdem Louise ihn fortgeschickt hatte. Julie nahm ihn freudlos auf. Sie tranken Wein in der Küche. Worte waren überflüssig. Die Tasche, die Pierre im Flur abgestellt hatte, sprach Bände. Später machte sie einen Salat, briet ein paar Würstchen, und sie aßen vor den Fernsehnachrichten. Ein uraltes Paar. Später, als er das Geschirr spülte, zündete sie sich die nächste Zigarette an und sagte: »Du kannst ein paar Tage bleiben, bis du was anderes gefunden hast, aber ich will dich nicht hierhaben.« Er erwiderte: »Danke. Ich verschwinde bald wieder, vor Weihnachten.« Und noch später, als sie im Bett lagen, wollte er mit ihr schlafen, aber sie schob ihn sanft weg, also masturbierte er neben ihr. Sie weinte. Es war ein unendlich trostloser Moment. Am 22. Dezember waren in ganz Frankreich nur achtunddreißigtausendsechshundert Menschen auf die Straße gegangen, davon zweitausend in Paris. In der Nähe der Champs-Élysées hatte ein Polizist seine Waffe gezogen und auf Demonstrierende gerichtet, die im Begriff waren, zwei Motorradkollegen zu lynchen. Die Bewegung erlahmte. Gerade gab man das fehlende Geld lieber für Geschenke aus, die nach ein paar Stunden auf ebay landen würden. Der Geruch des Weihnachtstruthahns überdeckte den sehr viel gepfefferteren der

Tränengasgranaten. Der Frost hielt die Leute zu Hause. Betäubte den Ärger. Es war traurig, den Kampf an der Kälte scheitern zu sehen. Pierre, Tony und sieben andere verbrachten den Heiligabend auf ihrem Kreisverkehr. Sie stoppten keine Autos mehr. Die Vorbeifahrenden hupten. Grüßten. Das war's. Manche bremsten kurz, um ihnen eine Flasche Sekt oder Weißwein zu überreichen. Heißen Kaffee. Zu verkünden: »Heute Nacht sollen's minus drei Grad werden, Jungs. Haltet die Ohren steif!« Sie bekamen sogar einen Korb Austern, zwölf Dutzend, Felsenaustern Nr. 4 aus Bouzigues. Und rot-grüne Wollmützen, die ein paar Großmütter gestrickt hatten, so wie ihre Großmütter damals vor siebzig Jahren für die Männer im Krieg. Pierre machte sein Maul nicht mehr auf. Er war unglücklich. Er war hier, um nicht zu verschwinden. Um sein Revier zu markieren, wie ein Hund. »Ganz genau wie ein Hund, Tony.« Um allen zu zeigen, dass er noch ein Mann war. Aufrecht. Stolz. Mit Träumen. Überzeugungen. Doch die Würde war verachtungslöslich. Deshalb musste man gegen die Verachtung kämpfen. Der junge Präsident hatte die Seele der Krieger gekauft, für einen Hunni, während der noch jüngere Haushaltsminister, wie Tony im Radio gehört hatte, im Restaurant gern doppelt so viel ausgab. Der Wein nicht inbegriffen, wohlgemerkt. Gegen Mitternacht sangen sie *Petit Papa Noël*. Und imitierten dabei Thierry Le Luron, wie er Tino Rossi imitierte. Allmählich waren sie ziemlich blau. Der Alkohol machte unbesiegbar. Im Januar würde der Kampf weitergehen, »aber hallo, die sollten uns mal lieber ein bisschen Respekt zollen und uns die achtundvierzigtausend Euro Taxikohle von der alten Schabracke zurückzahlen und die fünfunddreißigtausend fürs Präsidentenplanschbecken, in dem der feine Herr gar nicht schwimmt!«, schrie Tony, bevor er stockbesoffen umkippte und mit dem Gesicht im feuchten Gras landete. Pierre und ein anderer bugsierten ihn auf die Rückbank seines Autos, machten die Zündung an und drehten die Heizung voll auf. Gegen drei Uhr früh verzogen sich fünf von ihnen nach Hause. »Wir brauchen noch 'ne Mütze Schlaf«, erklärten sie, »die Kids werden bald wach. Wir wollen dabei sein, wenn sie die Geschenke kriegen. Also, tschüs dann!« Zwei schliefen ihren Rausch in ihren Wagen aus. Pierre pinselte seinen Kummer in neongelben Worten auf den Asphalt der Landstraße. Darunter auch den Vornamen seiner Frau. Anschließend beobachtete er, wie still die Sonne aufging. Wie die Dunkelheit zerbröselte. Das Morgenrot am Horizont schimmerte. Der Himmel war wolkenlos. Die ersten Strahlen offenbarten den nächtlichen Raureif, eine weiße Spitzendecke, die sanft die Erde überzog. Die Schornsteine weiter hinten rauchten, malten Schlitten und Rentiere. Pierre fühlte sich unglaublich einsam. Er lief auf den neuen Tag zu. Bis die Sonne auf sein Gesicht traf und seine Haut wärmte. Da ließ er sich erschöpft auf die Knie fallen, als würde er beten. Ein Krankenwagen fuhr in der Ferne vorüber, mit stummer Sirene und blinkendem Blaulicht in der schwindenden Nacht. Aquamarinsplitter. Pierre stellte sich vor, der Krankenwagen nehme all seine Verbitterung mit, ließe ihn wie neugeboren zurück, damit er noch einmal von vorne anfangen könnte. Bis er den Kreisverkehr wieder erreichte, waren auch die letzten beiden Typen abgehauen. Er weckte Tony. Kreissäge im Kopf. Pappe im Mund. Katzenjammer. Fuselwein.

Verdammte Scheiße. Pierre setzte sich ans Steuer des Kangoo und beförderte Tony, bei dem er gerade pennte, nach Hause. Duschte ihn ab. Wegen der Kotze. »Ey, aber nicht an den Schwanz packen«, lallte Tony und wand sich. Dann brachte Pierre ihn ins Bett. Paracetamol 1000. Zwei Tabletten. Er selbst legte sich aufs Sofa, und während in den Nachbarhäusern nach und nach begeisterte Kinder ihre Geschenke entdeckten, ohne zu ahnen, auf wie viel sie dafür in den kommenden Wochen würden verzichten müssen, dachte er kurz vor dem Einschlafen noch einmal an die blauen Blitze zurück, an den Krankenwagen, der seine dunkle Seite mitgenommen hatte. Ein Zeichen. Die Wut geht immer von anderen aus, sagte er sich, sie fachen etwas in uns an, ein unkontrollierbares Feuer, und wir müssen aufpassen, dass es uns nicht verzehrt. Uns zerstört. Deshalb sann er über alternative Arten zu kämpfen nach. Seine Haut zu retten. Ab jetzt wollte er alles wiedergutmachen. Seine Frau zurückgewinnen. Und seinen Sohn kennenlernen.

Karamell

Als Djamila Geoffroy zum ersten Mal nach der Schule begleitet hatte, war sie den gesamten Weg über auf der anderen Seite des Bürgersteigs geblieben, so wie er es verlangt hatte, und er war wie ein kleiner Seiltänzer auf den zehn Zentimeter breiten Randsteinen gelaufen, neunhundertzweiundzwanzig an der Zahl. Jeder Randstein war einen Meter lang, also brauchte Geoffroy exakt tausendvierhundertsiebenundachtzigeinhalb Schritte bis nach Hause – der halbe Schritt war einer verkürzten Schrittlänge auf Höhe des gelben Briefkastens in der Rue du Lavoir geschuldet, um nicht auf die Zementfuge zwischen zwei Steinen treten zu müssen. »Eine sehr genaue Berechnung«, bemerkte Djamila amüsiert. Geoffroy nickte zufrieden. Und erklärte ihr, dass sie, lege sie die Strecke ohne ihn zurück, zweihundertachtundfünfzig Schritte weniger brauche. »Aber ich mache gern zweihundertachtundfünfzig Schritte mehr mit dir«, erwiderte sie. »Ich gehe gern mit dir. Ich bin gern bei dir.« Und der Junge schwieg, denn wenn eine Achtklässlerin einem so etwas gesteht, ist es schwer, darauf eine passende Antwort zu finden. Außerdem erschienen ihm Sätze wie »Ich gehe gern mit dir« undurchschaubar. Es sei denn, die Betonung lag eher auf »gehen« als auf »mit dir«, was in diesem Fall bedeuten würde, dass Djamila einfach gern ging, mit ihm, aber nicht nur. Sie redete nicht von Zuneigung. Sondern von Vorlieben. Worte waren wirklich komplex. Zahlen waren so viel klarer. Dass sie gern zweihundertachtundfünfzig Schritte mehr mit ihm machte, hatte er sofort verstanden. »Wird durch Worte alles komplizierter, Djamila?« Das Mädchen sah ihn an und lachte, sein klares Quellwasserlachen, wie Hagop Haytayan es nannte. Ein Lachen, das das Grau der Welt fortwusch. Unterwegs fragte sie Geoffroy, ob er schon immer hier wohnte. »Seit ich ein Jahr alt bin«, antwortete er, »damals hat mein Vater seine Stelle in der Fabrik verloren. Wir mussten umziehen.« Djamilas Mund zuckte. Dann erzählte sie, sie habe zwei große Brüder, Bakki und Lizul, die sich wünschen würden, dass ihr Vater seinen Job verliere, weil er in einer Chemiefabrik arbeite und die Chemikalien ihn langsam umbrächten. Die Haut an seinen Händen sei trotz der dicken Schutzhandschuhe ganz verbrannt. Die Stimmbänder löchrig. Daraufhin liefen die beiden Kinder eine Weile lang stumm nebeneinanderher. In geteiltem Schmerz. Irgendwann sagte Djamila, dass ihre Maman gestorben sei, als sie ihr das Leben geschenkt habe, und Geoffroy sagte, dass seine Maman den Menschen beim Sterben helfe. Und wieder verstummten die beiden kurz. Im Kummer vereint. Ein paar Schritte weiter nutzte Djamila eine im Weg stehende Mülltonne, um Geoffroy ein wenig näher zu kommen. »Hast du Geschwister?« Geoffroy schürzte die Lippen, als würde er eine Antwort aus seinem Gehirn heraussuchen. »Mein Vater wollte wohl keine Kinder mehr, weil ich ein bisschen seltsam bin.« Sie wagte sich noch ein Stück näher an ihn heran. »Du bist viel weniger seltsam als die meisten Leute. Ich finde dich witzig. Klug. Und sehr schön. Darf ich deine Hand nehmen?« Die Atmung des Jungen beschleunigte sich. Diese Frage hatte ihm noch nie jemand außer seiner Mutter gestellt. »Ich bin da«, rief er schließlich erleichtert. »Hier wohne ich.« Djamila fand das Haus wunderhübsch mit den Geranien an den Fenstern und den Blümchenvorhängen. »Du hast mich gefragt, ob ich zu den Netten gehöre. Meine Antwort ist Ja. Ich bin nett. Ich will deine Freundin sein. Und noch mehr.« Und mit einem fröhlichen »Bis morgen!« und einem grazilen Ballettsprung drehte sie sich um – ihr Rock schien zu fliegen, einen winzigen Moment lang entblößte er ihre langen Karamellbeine, ihre Wangen glühten, und ihr junges Mädchenherz klopfte bis zum Hals.

Schokolade

Als Djamila Geoffroy zum zweiten Mal begleitet hatte, war sie ein wenig dichter neben ihm gelaufen, aber er hatte keinerlei Unbehagen verspürt. Er hatte nur gesagt: »Ich erinnere dich bestimmt an den Fuchs«, und im ersten Moment hatte sie die Anspielung nicht verstanden. Auf Höhe der Rue Tirleroy 37 fiel ihm auf, dass der linke vordere Kotflügel des schwarzen Golfs verbeult war. Und bei der Nummer 41, dass sie die Post seit zwei Tagen nicht reingeholt hatten. »Du siehst echt alles«, bemerkte Djamila verschmitzt. »Mich auch?« Der Junge wandte nicht den Kopf, sondern starrte weiter zu seinen auf den Randsteinen balancierenden Füßen hinunter, um jedem Hindernis auszuweichen. Einem Hundehaufen. Einer Bananenschale. Glasscherben. »Deine Augen sind veronesergrün, was für mich die schönste Farbe der Welt ist. Deine Haare sind tiefschwarz, sie enthalten also viel Melanin. Ich könnte auch kohlschwarz sagen, denn sie schimmern metallisch blau. In Büchern wird diese Farbe oft mit Rabengefieder verglichen. Ich mag keine Raben. Sie picken Schafen und Lämmern die Augen aus. Deine Beine sind sehr lang, und deine Haut hat die Farbe mancher Sandarten, zwischen Holz und Bister. Früher waren deine Fingernägel mit korallenrotem Lack bemalt, aber seit du dich auf dem Schulhof neben mich gesetzt hast, hast du keinen mehr getragen. Du hast himbeerfarbene Lippen, an denen du ab und zu knabberst, als wären sie Gummibärchen. Schüchterne Leute machen so etwas manchmal. Deine Schuhe haben fünf Zentimeter hohe Absätze, durch die du die Größte in deiner Klasse bist. Du besitzt sie in drei Farben: Schwarz, Beige und Rot. Die ersten beiden hattest du bisher nur einmal an. Du hast …« Djamila unterbrach ihn flüsternd: »Sei still.« Ein Stoßgebet aus zwei Worten. Sie nahm seine Hand, und er ließ es zu. Neugierig. Er merkte, dass sie weinte. Aber er verstand nicht, warum. Schweigend liefen sie weiter, bis zum kleinen Haus mit den Geranien an den Fenstern. Der Wind trocknete die Tränen des Mädchens. Sie wollte sich nicht von ihm trennen. Nicht jetzt. Nicht in die Siedlung zurück. Zu den Jungs, die sich durch die Hose an die Eier griffen und sie beleidigten, »na, willste mal?« Sie fragte Geoffroy, ob sie mit reinkommen dürfe. Sein Zuhause sehen. Sein Zimmer. Seine Bücher. Er runzelte die Stirn, wie bei jeder schwierigen Frage. Nachdem er die richtige Verbindung hergestellt hatte, antwortete er: »Nein, ich muss mich erst stärken.« Sie lächelte. »Ich würde mich auch gern stärken. Ich habe ein bisschen Hunger.« »Ich trinke nach der Schule immer eine Tasse heißen Kakao.« »Ich liebe heißen Kakao. Bei mir zu Hause gibt es nur Pfefferminztee mit viel Zucker und einem verbrannten Nachgeschmack.« Erneutes Stirnrunzeln. Dann endlich seine Entscheidung. »Ich glaube, nette Menschen dürfen mit reinkommen. Maman hat es mir nie verboten.« Auf dem Küchentisch reihte der Junge den Topf mit der heißen Milch, den Rohrzucker und das Kakaopulver auf. Anschließend verteilte er Weiß, Gold und Braun gerecht auf zwei Tassen. Djamila fragte, auf welchen Stuhl sie sich setzen dürfe, er antwortete, das wisse er nicht, weil es noch nie vorgekommen sei. »Du hast noch nie einen Freund oder eine Freundin zu Besuch gehabt?« »Nein. Aber wenn wir Gäste haben, sitzen sie meistens im Wohnzimmer.« Djamila folgte ihm dorthin, und sie nahmen mit ihrem Kakao auf dem Sofa Platz. Djamila bewunderte das Bild an der Wand. Es zeigte eine Windmühle vor einem Sonnenuntergang. »Das hat mein Großvater gemalt«, erwiderte Geoffroy. »Ich finde es schrecklich. Der Himmel sieht aus wie Karottenbrei. Und der Schatten des Flügels da ist viel zu weit oben, so wie die Sonne steht, müsste er eigentlich auf den Weg fallen, in einem Winkel von maximal zwanzig Grad.« Djamila stellte ihre Tasse auf den Couchtisch vor sich und schaute den Jungen lange an. Wieder spürte sie das Brennen in den Wangen. Sie konnte es sich nicht erklären. Sie war vierzehn. Draußen wollten die Männer sie fingern. Lecken. Vögeln. Keiner von ihnen hatte je die Farbe ihrer Schuhe bemerkt. Die Schattierung ihrer Haare. Den Sandton ihrer Haut. Mit heiserer Stimme sagte sie dem Jungen, sie würde sich wünschen, es gebe nur ihn auf der Welt.

Schwarz

Als Djamila Geoffroy zum dritten Mal die tausendvierhundertsiebenundachtzigeinhalb Schritte begleitet hatte, hatte er ihr in Mathe helfen wollen, weil sie am nächsten Tag eine Klassenarbeit schrieben. Djamila verzettelte sich immer beim Strahlensatz, uff, Seitenverhältnisse und Parallelität und all das, »boah, das ist echt nicht lustig, Geoffroy, ich versteh nur Bahnhof«, sagte sie, »ich kapier das einfach nicht, erster Strahlensatz, zweiter Strahlensatz, Umkehrung.« »Ganz einfach«, beruhigte der Junge sie lächelnd, »du musst nur zuerst das Kreuzprodukt beherrschen, beziehungsweise den Dreisatz, der Dreisatz ist ein Mantra«, und sie sah ihn skeptisch an – Mantra, ein Wort aus dem Sanskrit, das »Denkwerkzeug« bedeutete, aber das wagte er ihr nicht zu erklären, aus Sorge, alles noch komplizierter zu machen –, da lachte sie plötzlich los, »können wir vielleicht warten, bis wir bei dir sind, bevor wir anfangen?«, und er nickte, »du hast recht, zuerst der heiße Kakao.« An jenem Nachmittag legten sie fast den gesamten Weg händchenhaltend zurück, mit Ausnahme von sechzehn Sekunden, acht mal zwei Sekunden, genauer gesagt, die sie einander kurz loslassen mussten wegen der sechs Verkehrsschilder und zwei Büschen auf der Strecke. Djamila meinte – und darüber hatte sie viel nachgedacht –, jemandes Hand zu halten bedeute nicht, sich an ihm festzuhalten, sich an ihn zu hängen, trotzdem hänge man an dem, dessen Hand man halte. Anschließend holte sie tief Luft, wie vor einem Sprung ins Nichts, und fügte hinzu: »Und ich hänge an dir, Geoffroy. Ich hänge an dir. Und auch wenn ich manchmal denke, dass du Gefühle nicht verstehst, weil man sie nicht in Zahlen ausdrücken kann, weil sie keiner Logik gehorchen, weiß ich, dass du mich deine einzige Freundin sein lässt, und dafür bin ich dankbar.« Der Junge überlegte. »Doch«, erwiderte er schließlich, »ich verstehe Gefühle. Das ist zum Beispiel, wenn man allein sein will. Oder mit jemandem zusammen.« Da drückte Djamila seine Hand noch fester, zerquetschte sie fast, so als wollte sie ihre Handflächen aneinanderkleben. Plötzlich tauchten aus der Rue Jacquart drei Jungen aus der Schule auf, mit grimmigen Mienen. Sie versperrten ihnen den Weg. Einer schubste Geoffroy. »Ey, Behindi, was hast du vor mit der Schnitte, willst du sie ficken?« Djamila rief: »Scheiße, Mann, verpisst euch, lasst uns in Ruhe!« »Halt's Maul, Bitch. Was willst du überhaupt mit so 'nem Spast?« »Fass mich nicht an!« Geoffroy begann sich gegen den Kopf zu hämmern. »Guckt euch den Mongo an, macht hier einen auf *Rain Man*.« »Weg von ihm, ihr Wichser!« »Oh, là, là, die Kanakenbraut hat Haare auf den Zähnen.« »Verdammte Scheiße, hört auf damit, ihr seid doch krank!« »Also ist das dein Macker, ja? Stehst du auf kleine Jungs?« Und der Typ packte Geoffroy an den Haaren. Geoffroy brüllte los. Nach einer schallenden Ohrfeige verstummte er wieder. Sank in sich zusammen. Seine Lippe blutete. Der Typ hielt ihm sein Handy vor die Nase. Die anderen lachten sich schlapp, während sie Djamila umklammerten, die vergeblich um sich schlug. Spuckte. »Ey, du Freak, guck hin, guck's dir gut an, macht die Schulschlampe das mit dir, bläst sie dir einen?« Auf dem Display ein Porno. Eine Frauenhand, die einen riesigen Schwanz an den Mund führt. »Aber deiner ist bestimmt total winzig. 'n Zahnstocher.« Der Mund saugt und schluckt, scheint den Penis zu verschlingen. Djamila schreit: »Um Gottes willen, hört endlich auf!« »Gott, Gott, ruf gefälligst deinen Allah an, du Kümmelfotze.« Der Mund der Frau sieht aus, als würde er gleich bersten. Stattdessen birst der Schwanz. Das Sperma läuft ihr über die Wangen. »Schau hin, Schwachmat. Liebe. Das ist Liebe!« Die Frau ist jetzt auf allen vieren. Der Mann nimmt sie von hinten. »Schau genau hin. Das ist meine Lieblingsstelle. Du musst sie auch in den Arsch bumsen. Guck dir an, wie's geht. So mögen es die Ziegenficker.« Geoffroy blökt wie ein Lamm, dem ein Rabe die Augen auspickt. Sein Körper entgleitet den Händen seines Peinigers. Sein Kopf knallt auf den Boden. Schaum vorm Mund. Weiße Bläschen. Eine Frau schreit aus hundert Metern Entfernung: »Ich rufe die Polizei!« Die Mistkerle verpassen dem Jungen noch je einen Fußtritt. Rippen. Bauch. Schritt. Dann hauen sie ab. Geoffroy spürt keinen Schmerz. Er spürt nicht länger, wie das Blut durch seine Adern fließt. Er schreit, aber kein Laut dringt aus seiner Kehle. Eine entsetzliche Stille. Sein Gesicht ist verzerrt. Furchterregend. Sonst so schön, jetzt fast zerschmolzen. Djamila kniet sich neben ihn. Ihre Hände zittern. Wagen nicht, ihn zu berühren. Sie weiß nicht, was sie tun soll. Sie ist genauso verloren wie er. Sie würde gern mit Geoffroy tauschen, der auf dem Boden klebt wie eine Möwe an der Leimrute, mit den Armen auf den Asphalt einschlägt und doch nicht davonfliegen kann. Weg aus dem Bauch des Hasses. Dem Morast der Menschen. Sie legt sich auf den Bürgersteig und versucht ihre Fittiche um den Jungen zu breiten. Ihn zu beruhigen. Zu wärmen. Und aus unbewussten Wurzeln, einer undenklichen Welt, steigt ein Kinderlied in ihr auf, in einer ihr unbekannten Sprache:

نيني يا مومو
حتى تجي عدمو
بوبو فالميدية
قاقا فالصينية

Übersetzen könnte man es so: »Schlaf, mein Kindchen / Bis deine Mutter kommt / Das Brot liegt auf dem Tisch / Die Bonbons liegen auf dem Teller.« Djamila weiß nicht, was sie da singt. Sie singt, wie man betet. Wie man jemanden zu retten versucht. Irgendwann kamen Leute. Brachten sie in die Notaufnahme. Man verständigte Louise. Man verständigte Ahmed. Und die beiden lernten sich in einem weiß-blauen Flur kennen. Sie umarmten sich, ehe sie auch nur ein Wort gewechselt hatten. Elterliche Angst ist eine Sprache. Ein Zufluchtsland. Ein Arzt beschwichtigte sie. Die Polizei klärte sie über den Überfall auf. »Ja, Mitschüler. Ein paar Jungs aus der Neunten anscheinend. Eine dumme Rauferei. Ihre Tochter hat sie erkannt, Monsieur. Aber sie möchte ihre Namen nicht nennen.« »Lahna, meine Schöne, mein Schatz«, flüsterte der Mann mit der löchrigen Stimme und den verbrannten Händen, »wie sehr du fehlst. Wie sehr du der Welt und unserer wunderschönen Tochter fehlst.« Die Röntgenaufnahme von Geoffroys Kopf zeigte keinerlei Traumata oder Brüche. Man hatte ihm ein

Beruhigungsmittel gespritzt. Er schlief, und Louise hielt seine Hand wie zuvor Djamila, wie wenn man an dem hängt, dessen Hand man hält. Später klopfte das Mädchen an die Zimmertür, erkundigte sich nach seinem Freund, und Louise dankte ihm für den Versuch, ihren Sohn zu beschützen. Djamila erzählte von der Bosheit der Jungen. Den schmutzigen Bildern. Den Beleidigungen. »Kinder waren schon immer sehr gemein zu ihm«, erwiderte Louise. »Andersartigkeit macht Angst, Djamila. Sie vermittelt vielen das Gefühl, dass ihnen etwas fehlt, und anstatt daran zu wachsen, vernichten sie es lieber. Sie schlagen meinen Sohn. Verprügeln einen Schwulen. Einen Schwarzen. Einen Araber. Sie dreschen auf alles ein, das offenbaren könnte, dass sie gar nicht so außergewöhnlich sind. Die Angst vor dem Anderen ist eigentlich die Angst, selbst mittelmäßig zu sein.« Das Mädchen schluchzte erstickt, wischte seine Tränen nicht weg. Louise breitete die Arme aus und nahm seine Trauer auf. »Ich hoffe, du bleibst seine Freundin, Djamila. Von ganzem Herzen. Denn seit er dich kennt, wirkt er zum allerersten Mal, als würde er gern leben.«

Hellblau

Ein paar Monate später, wieder im Krankenhaus, doch diesmal, um dort Silvester zu feiern. Louise hatte Dienst. Am Vormittag war Luis Pequeño, achtundachtzig Jahre, Leiomyosarkom, in sein Zimmer im fünften Stock des Thomazeau zurückgekehrt. In sein Bett gegenüber der blauen Wand. Ein verlogenes Blau, ein Hellblau, das man oft mit Genesung verbindet. »Ich dachte, ich wäre stark genug«, sagte seine Frau, »aber das bin ich nicht. Ich will mir zu Hause wieder vorstellen können, wie er lacht. Wie er meckert, weil die Zeitung noch nicht da ist.« Madame Pequeños Augen schwammen. Meerestiefe Trauer. »Ich würde es nicht ertragen, ihn mit dem Tod ringen zu hören. Zu sehen, wie er zuckt. Fortgeht. Da soll er lieber bei Ihnen sein. Hier weiß ich, dass er es gut hat.« Sie holte eine Flasche Champagner aus ihrer Tasche. Küsste ihren Mann sanft auf die Stirn. Rief: »Bis nächstes Jahr, mein Schatz!«, mit einem leisen, traurigen Lachen, als hätten diese drei Worte die Macht, eine gigantische Zeitspanne zu erschaffen – nächstes Jahr, stellen Sie sich vor, wie weit das noch hin ist. Eine lange Lebenserwartung. Anschließend flüchtete sie sich in den Aufzug und kam nie wieder. Der Stationsstützpunkt war mit Girlanden geschmückt. Einem Plastikbäumchen. Abwischbaren Worten in Schönschrift auf den Scheiben – Glück, Liebe, neues Jahr, neues Leben. Die Familien hatten ihnen Plätzchen und Bûche de Noël überreicht. Champagner, wie Madame Pequeño. Kleinigkeiten aus dem Ein-Euro-Laden. Brigitte spielte eine Playlist mit fröhlichen Liedern auf ihrem Handy ab. Die Pflegerinnen tanzten und glucksten zwischen zwei Runden durch die Zimmer, und Geoffroy saß mit einem neuen Lärmschutzkopfhörer auf den Ohren in einer Ecke und war völlig vertieft in das Buch, das sie ihm geschenkt hatten, den *Atlas der verlorenen Städte.* Noch vor Mitternacht kannte er die Geschichte von Tikal in Guatemala auswendig, der Wiege der klassischen Maya-Zivilisation. Von Prora, dem Seebad der Nazis an der Ostküste von Rügen. Und von Fatehpur Sikri, der einstigen Hauptstadt des Mogulreichs mit ihrem Harem. Geoffroy musste seine Mutter nach der Bedeutung dieses Worts fragen und fand es logisch, dass die Ehefrauen eines Mannes am selben Ort lebten, aber unlogisch, dass die Ehefrauen ihrerseits nicht mehrere Männer haben durften. Später gingen Louise und Brigitte zu Luis Pequeño, um ihn zu begleiten. Er hatte sich nicht bewegt, seit seine Frau verschwunden war. Weder die Augen geöffnet noch geweint. Als Brigitte kurz vor Mitternacht seine Hand nahm, lächelte er flüchtig. Krümmte sich zusammen wie ein Embryo. Versuchte sich das Hemd vom Leib zu reißen. Dann ließ er los. Ein helles Röcheln. Ein leises Lebwohl. Sie blieben noch einen Moment bei ihm im Zimmer, stießen mit dem lauwarmen Champagner seiner Frau auf sein Leben an. Brigitte sagte: »Sie sind schön, Luis.« Louise unterdrückte ein Lachen. »Du spinnst.« »Guck doch, wie ein Schauspieler. Sie sehen aus wie ein Schauspieler, Luis, wäre ich Ihnen in einer Bar begegnet, hätte ich

Sie angesprochen.« Plötzlich wurde sie ernst und drehte sich zu Louise. »Ist dir klar, dass wir nichts über ihn wissen, über die Frauen, die er geliebt hat, die Bücher, die Musik, über die Reisen, die er unternommen hat, seine Ängste als Kind, seine Verwegenheit als Mann, gar nichts wissen wir, obwohl er in unserer Obhut gestorben ist.« Ihr Blick trübte sich. »Das ist der Champagner«, erklärte sie, »ich vertrage nicht viel.« Louise schloss sie in die Arme, und sie weinten und lachten. Noch später, wieder im Stationsstützpunkt, zählten sie von zehn rückwärts, und 2019 war da, alle wünschten sich ein frohes Neues. »Vor allem für dich, Louise. Auf dass du jemand Gutes findest. Der dich verdient.« Anschließend setzte Louise sich neben ihren Sohn. Sie flüsterte ihm zu, dass er der wichtigste Mann in ihrem Leben sei. Dass sein Vater habe ausziehen müssen, weil sein Herz krank sei, und diese Krankheit mache ihn so wütend und lasse ihn Dinge tun, die ein Papa nicht tun dürfe. Dass sie ein hübsches grünes Sofa für die Hütte besorgt habe, mit einem Bezug aus weichem Perkal, das sei ihr Geschenk für Djamila und ihn. Dass Ahmed Djamila erlaubt habe, morgen an Neujahr zum Mittagessen zu kommen. Und dass Hagop auch da sein werde. Sie sagte: »Wir sind deine Familie, Geoffroy, wir sind deine Familie, und wir lieben dich unendlich«, und mit einem Schluchzer fügte sie hinzu: »Mindestens bis zu Ikarus, erinnerst du dich noch, der blaue Überriese, den die NASA entdeckt hat? Also liebe ich dich 9,3 Milliarden Lichtjahre weit, du hast sogar ausgerechnet, dass das 8,8 E22 Kilometer sind«, doch Geoffroy vernahm durch den Lärmschutzkopfhörer kein Wort von der Mathematik seiner Mutter. Er las weiter. Leptis Magna. Die von den Phöniziern gegründete Stadt, die genauso mächtig gewesen war wie Karthago und Alexandria, ehe die Eroberung durch die Vandalen ihren Einfluss im fünften Jahrhundert dramatisch geschwächt hatte.

Gelb

Am 5. Januar des neuen Jahres wurde der Regierungsschlächter Griveaux aus seinem Ministerium evakuiert, nachdem ein Gabelstapler in der Rue de Grenelle den unteren Teil der Tür zum Innenhof durchbrochen hatte. Er verkündete, die Lage sei ernst. Man habe es auf die Republik und ihre Einrichtungen abgesehen, und Tony protestierte lautstark vor dem Fernseher: »Von wegen, du Idiot, wir haben es auf dich abgesehen, weil du so mit uns redest«, aber Jeannot bremste seinen Freund, »beruhig dich, Tonino, er kann dich nicht hören, lass dich nicht so von deinem italienischen Blut übermannen«. »Hör auf, mich Tonino zu nennen, verdammte Scheiße!« Auf der Passerelle Léopold-Sédar-Senghor machte Christophe Dettinger seiner früheren Karriere alle Ehre und boxte zwei Polizisten, die laut seiner Aussage mit ihren Schlagstöcken auf eine am Boden liegende Frau in einem roten Mantel eingeprügelt hatten. Der Innenminister sprach von einem brutalen Angriff auf Beamte der Bereitschaftspolizei. Als man Dettinger nach dem Grund für seine Anwesenheit bei den Gelbwestenprotesten fragte, antwortete er: »Ich bin die Politiker leid, sie erfüllen ihre Vorbildfunktion nicht«, da fing Jeannot an zu lächeln, »siehst du, Tonino, es gibt nicht nur Schwarz oder Weiß, die Lösungen finden sich dazwischen. Wenn man rumschreit, schreien die anderen auch, und niemand versteht mehr irgendetwas«. Daraufhin leerte Tony sein Glas auf ex und knallte es auf die Theke, »eigentlich hab ich dich noch nie leiden können«. Dann ging er, und Jeannot brach in schallendes Gelächter aus. An jenem Samstag demonstrierten in Frankreich fünfzigtausend Menschen. Ihnen standen sechsundfünfzigtausend Polizistinnen und Polizisten gegenüber. 1,13 pro Gelbweste. In Paris waren es dreitausendfünfhundert Gelbwesten. Ein paar Autos, ein paar Mülltonnen brannten. Aber hier, am historischen Kreisverkehr, zählte man nur noch ein halbes Dutzend Träumer. Es gab keine Blockaden mehr. Keine brennenden Reifen. Keinen Aufruhr. Die Leute hupten kaum. Man fütterte freudlos die Flammen in der letzten Feuerschale und verteilte Flugblätter. Wunschzettel, wie für den Weihnachtsmann geschrieben. Kleine Luftschlösser. Rückkehr zum universellen Kindergeld. Volksentscheid über das Bioethikgesetz. Anerkennung und Berücksichtigung leerer Wahlumschläge. Verbot von Pestiziden. Besteuerung des Flugzeugkerosins und des Schweröls für die Fracht-, Container- und Kreuzfahrtschiffe. Ein Inventar wie von Prévert, nur ohne Poesie. Die Regierung machte einen auf Kaa. »Hör auf mich / Glaube mir / Augen zu / Vertraue mir!« Die alte Leier. Tony schrie sich heiser. »IHR HABT NICHTS KAPIERT! GAR NICHTS!« Pierre kam nicht mehr. Er hatte seine Warnweste weggeworfen und mit ihr seinen Traum vom »Recht auf ein gerechtes Leben«. Den Drang zuzuschlagen, die Ungerechtigkeit, »die da oben«, die Profiteure und Mistkerle anzuprangern. Benalla »mein Name ist Bond«. Ferrand den Vasall. Die Liste war lang und die Republik beispielhaft. Nach jenem eisigen Heiligabend auf dem einsamen Kreisverkehr, mit

Tony, der seinen Rausch im Kangoo ausgeschlafen hatte, und den Typen, die einer nach dem anderen abgehauen waren und ihre Austern auf dem Boden zurückgelassen hatten wie schleimigen Auswurf, die ihren Niederlagen den Rücken gekehrt hatten, hatte Pierre alle Weißglut in sich mit Asche erstickt. Seinen schwelenden Zorn. Am Horizont hatte endlich Morgenrot geglommen. Eine Verheißung, ein Freudenfeuer. Eine Vergangenheit, die man verbrennt, um wiedergeboren zu werden. Seither verrauchte Pierres Wut langsam. Diese verdammte Wut, die fraß und fraß, ohne jemals satt zu werden. Sie hinterließ zu viele blaue Flecke. Zu viele Wunden. Die Sache mit den Molotowcocktails zum Beispiel. Was hatte ihn da nur geritten? Vor lauter Verbitterung hatte er sich wie ein Stück Scheiße verhalten. Seinem Sohn gegenüber. Louise gegenüber, schon viel zu lange. Und manchmal auch Julie gegenüber. Er konnte nicht mehr. Sich selbst nicht zu lieben ist verheerend. An jenem Morgen hatte er sich im wärmenden Licht der ersten Sonnenstrahlen auf die Knie fallen lassen, auf den Asphalt und auf sein eigenes Gesicht eingeschlagen, seine Hände hatten geblutet, seine Augen getränt, und der Krankenwagen in der Ferne hatte seine Dämonen mit sich fortgetragen. Zwei Tage später hatte er bei Auchan angefragt, ob er mehr arbeiten könne. Er brauchte Geld. Eine Einzimmerwohnung würde reichen. Ein zweites Zimmer war nicht nötig, er wusste, dass Geoffroy nicht kommen würde. Vielleicht eines Tages, zum Mittagessen. Ja, eines Tages. Ein gemeinsamer Film. *Beasts of the Southern Wild.* Oder *Billy Elliot.* Ein Film über das Anderssein. Über Toleranz. Und dazu eine Pizza Bianca. Auf jeden Fall die Tomaten extra. Wie oft hatte er den Jungen angeschrien, weil der es nicht ertrug, wenn Lebensmittel sich berührten. Weil sie nach ihrer Farbdichte auf dem Teller angeordnet sein mussten. So viel väterliche Ungeduld. So viel Wut. Im Grunde war er nur während Louise' Schwangerschaft ein Vater gewesen. Zum letzten Mal ein glücklicher Mann. Er hatte *Vater werden für Anfänger* gelesen. Von der ersten bis zur letzten Seite. An den Geburtsvorbereitungskursen teilgenommen. Gelernt, mit seiner Frau im Takt zu atmen. Er hatte das Haus neu gestrichen, mit geruchloser Bioacrylfarbe. Geranien an die Fenster gehängt. Er hatte vor Vorfreude gestrahlt. Louise hatte vor Schönheit geleuchtet. Doch dann war Geoffroy geboren worden. Und alles war kaputtgegangen.

Farben

Für Geoffroy war die Welt wie zerbrochenes Glas. Ein riesiges Puzzle, bei dem er keine Ahnung hatte, welches Bild es zusammenzusetzen galt. Außerdem steckten in jedem Stück zu viele Informationen. Zu viele Geräusche. Manchmal sogar Widersprüche. Seine Hyperkonnektivität mit der Umwelt machte diese unlesbar. Nur Farben beruhigten ihn. Zuerst Gelb. Klar, es war die Farbe von Sonne, Getreide, Honig und Osterglocken. Von Wärme. Leben. Gold und Reichtum. Aber auch die Farbe der eidbrüchigen Ritter, des Judas, des aufgenähten Sterns an der Brust der Juden. Die Farbe des Hahnreis. Des tückischen Teils einer Flamme. Der Heuchelei, Hinterlist und Lüge. Die Farbe von Warnwesten, die Gefahr verhieß. Gelb war sein Vater. Sogar das Weiß seiner Augen hatte eine blassgelbe Färbung, wie bei manchen bissigen Hunden. Blassgelb wie der Trübsinn. Wie die Traurigkeit. Wie alles, was einen auffraß. Dann Blau. Die Lieblingsfarbe der westlichen Welt. Allgegenwärtig bei den Menschen, kaum vorhanden in der Natur. Sie symbolisierte Reise, Exotik. Durststillendes Wasser. Klares Wasser. Eine tiefe Farbe. Die Ruhe ausstrahlte. Innerlichkeit. Die entspannte. Im Krankenhaus, in dem seine Mutter arbeitete, fand man sie überall, kleine Fenster, Fluchtmöglichkeiten, Stückchen vom Himmel. Weil die Farbe früher so teuer in der Herstellung gewesen war, hatte die Kirche die Jungfrau Maria, die Himmelskönigin, die Mutter aller Mütter, in Blau gehüllt. Und Geoffroy hatte seine eigene Mutter dieser Farbe zugeordnet, der Loyalität und der Melancholie, denn Blau stand auch für Schwermut, und Louise weinte manchmal, ohne dass er wusste, warum, ihr war manchmal kalt, ohne dass es kalt war. Sich selbst hatte er bei Grün einsortiert. Weil Blau und Gelb gemischt Grün ergaben. Weil Grün, obwohl manche es als Farbe des Unglücks, der Bestien und des Teufels sahen – wahrscheinlich, weil sie lange aus Kupferoxid gewonnen worden war, einem seit der Antike berüchtigten Gift –, doch vor allem die Farbe des Waldes war. Der Bäume. Der Pachamama, der Mutter Erde. Die Farbe von Hagop, dem siebzigjährigen Kind. Grün beschwor Moos herauf, Laubschatten, geheime Gärten, Pflanzensaft, Gesundheit, Freiheit, es war die Farbe, die der Welt zurückgegeben werden sollte. Der Atem. Grün, das waren Djamilas Augen. Die beiden schönsten Teile des Puzzles seiner zerstückelten Welt. Bei der Farbe Rot hatte er alle Exzesse eingruppiert. Beleidigungen. Blut. Das Blut an der Hand seines Vaters. Die Flammen, die aus einer Bierflasche geschossen waren. Alles, was die Gesichter der Menschen verzerrte. Ihnen grausame Masken malte. Ihre Augen mit geplatzten Äderchen überzog. Wie die leuchtend roten Augen des Königs von Egeberg, der die Berggeister beauftragte, ihn von seinen abscheulichen Sprösslingen zu befreien. Und schließlich Schwarz. Wo Geoffroy alle Schrecken untergebracht hatte. Das Mobbing in der Schule. Die Angst. Dinge, die sich veränderten. Nicht von Dauer waren. Unbeständig. Dann hatte er diesen seltsamen Vers von

Aragon gelesen, »es kommt ein Tag, leuchtend orange«, und in seinem Gehirn hatte wieder Chaos geherrscht. Denn der Morgen mag vielleicht orange erwachen, einverstanden, der Abend orange dämmern, schön und gut, aber der Tag selbst ist blau. Wolkenverhangene, dräuende Tage sind grau. Sturmtage schwarz. Schneetage weiß. Wieder Kakerlaken in Geoffroys Kopf. Vielleicht sprach der Autor ja über etwas völlig anderes, nicht meteorologisch, sondern symbolisch. Das Farbadjektiv verwies auf die Zitrusfrucht und die wiederum auf Rundheit. Milde Süße. Durchscheinendes Fleisch. Eine »nackte Schulter«. Weiblichkeit also. Und hatte Aragon nicht in *Elsas Narr* geschrieben: »Die Zukunft des Menschen ist die Frau«? Die Kakerlaken verschwanden, aber die Verwirrung blieb. Im Vers des Dichters war nichts unwiderlegbar. Alles schwindelerregend unpräzise. Und wer Schwindel sagte, sagte auch Fall. Unpräzise bedeutete auch unverständlich. Also wandte Geoffroy sich an seine Freundin, um sie nach ihrer Meinung zu fragen – und hätte er in jenem Moment Djamilas gesamtes Gesicht wahrnehmen können, nicht nur ihre veronesergrünen Augen oder die himbeerroten Lippen, hätte er gesehen, wie schön sie war –, und sie rief aus: »Aber genau das ist Poesie, Geoffroy, genau das! Was man nicht erklären kann. Bloß fühlen. Erahnen. Wenn nicht der Kopf spricht, sondern das Herz, die Haut, manchmal auch die Angst.« Sie senkte den Blick. »Und die Lust.« Sie wurde rot. »Vor allem die Lust.« Der Junge musterte sie lange, ehe er lächelte. »Also ist es Poesie, wenn man sagt: Ich liebe dich?«

Gelb

Pierre schlief noch, als es an der Tür klopfte. Brummschädel. Zu viel Fusel mit Tony am Abend zuvor. Sie waren in einer Bar an der Grenze gewesen, einer Art Niemandsland, wo die Einsamen strandeten, die traurigen Nachtschwärmer. Die Musik war zu laut gewesen, das Bier stark, die Frauen verklemmt. Selbst die Aussicht auf einen Champagner hatte keine gelockt. Pierre und Tony hatten sich in eine Nische ein wenig abseits gesetzt. »Schlimmer als Gefrierschränke, die Scheißweiber hier«, stieß Tony leicht entmutigt aus. »Na ja, vielleicht sind wir einfach nicht mehr heiß genug«, wandte Pierre ein. Anschließend fing er an, über Louise zu reden, die große Liebe, die er verspielt hatte, und Tony unterbrach ihn brüsk: »Ach, hör doch auf, du hattest den Hauptgewinn in der Kiste und hast ihn sausen lassen, bloß weil dein Kleiner ein bisschen schräg ist. Und dann die ganze Scheiße mit dem Jungen. Also vergiss sie, deine Louise. Du verdienst sie nicht.« Und Pierre hatte sich wieder erbärmlich gefühlt. Wie Abfall. Dreck. Deshalb hatte er weitergesoffen. Am Ende gewinnen immer deine Niederlagen. Sie beherrschen dich. Und plötzlich stellst du fest, dass du ein Drecksack bist. Das Klopfen wurde lauter. Irgendjemand rief so was wie »Polly«. Er kannte keine Frau, die Polly hieß. Noch mehr Klopfen. Heftiges Wummern. »Polizei! Aufmachen!« Da wälzte Pierre sich vom Sofa und öffnete, in die Decke eingewickelt, die Tür. Zwei Polizisten. Der eine fragte, ob er Anthony Brunel sei. »Nein. Pierre Delattre. Tony ist nicht da, der ist arbeiten.« »Was machen Sie in seiner Wohnung, Monsieur Delattre?« »Ich bin ein Freund von ihm. Ich schlafe für ein paar Nächte auf der Couch. Beziehungsprobleme.« »Fährt Ihr Freund mit dem Auto zur Arbeit?« »Wahrscheinlich.« »Kennen Sie das Fahrzeugmodell?« »Hatte er einen Unfall?« »Ich habe Sie nach dem Fahrzeugmodell gefragt.« »Ein Kangoo. Geht es Tony gut?« »Und welche Farbe hat dieser Kangoo, Monsieur Delattre?« »Senfgelb. Oder so ähnlich. Irgendwas zwischen gelb und grün.« »Würden Sie das Auto wiedererkennen?« »Hm, ja, glaube schon.« »Dann kommen Sie bitte morgen um elf aufs Revier.« »Aber …« »Morgen um elf.« Die Polizisten verabschiedeten sich. Verschwanden. Pierre schloss die Tür. Leise. Wegen der Böller, die in seinem Kopf detonierten. Er wärmte den Kaffee auf, den Tony vor zwei, drei Stunden gekocht hatte. Auf der Oberfläche schwammen Stäubchen. Scheißegal. Er fragte sich, wo wohl die verfickte Kamera gewesen war, die sie erwischt hatte. Die Jungs hatten vorher alles ausgekundschaftet und nur eine entdeckt, ein Stück die Straße hoch, und um die hatten sie einen weiten Bogen gemacht. Oder es gab einen Zeugen. Einen Denunzianten. Der sich das Kennzeichen notiert hatte. Wir haben dich ja gewarnt, Pierre. Nimm dich in Acht vor deiner Wut.

Veronesergrün

Hagop Haytayan erzählt. Er erinnert sich noch genau an das Neujahrsessen bei Louise. »Das war das erste und das letzte Mal, dass wir alle zusammen waren.« Die Einladung ehrte ihn, auch wenn er Bedenken hatte, sie anzunehmen, weil er keine schicke Garderobe besaß. Nur ein Hemd. Eine nicht mehr ganz neue Hose. Aber das war Louise einerlei. »Sie ist ein Mensch von Herz und Herzlichkeit«, erklärt Hagop. »Sehen Sie? Sie schaut ihren Sohn an wie die Heilige Jungfrau ihr Kind, voller Liebe und Schmerz. Ein Blick, der die Qualen der Welt verleugnet, sogar zu vergeben scheint. Sie ist eine sehr schöne Frau. Von französischer Anmut. Das erste Mal bin ich ihr in der Hütte begegnet. Sie kam mit Geoffroy. Er hatte ihr diesen Ort beschrieben, an dem Djamila und er sich jetzt immer nach der Schule trafen. Wegen des Überfalls. Weit weg von diesen Halbstarken. Diesen Kindern, die zu schnell erwachsen geworden sind, die die Bosheit ihrer Väter übernommen haben. Wie schon Rilke schrieb: ›Die Erwachsenen sind nichts, und ihre Würde hat keinen Wert.‹ Es gibt Kinder, die keine mehr sind, wussten Sie das? Sie haben diese Insel im Inneren verloren. Diesen festen Boden. Sie werden die schlimmsten Erwachsenen. Am Neujahrstag hat Louise mich gebeten, von mir zu erzählen. Ich berichtete vom

Hafen in Haifa. Der Geburt meines Vaters auf dem Schiff. Der Ankunft unserer Familie im Norden, kurz vor dem Krieg. Dem riesigen Gemüsegarten meines Großvaters. Seiner Großzügigkeit und der der Dorfbewohner im Gegenzug. Ich berichtete vom Wald, den sie uns anvertraut hatten. Den ich seither pflege und vor Baulöwen beschütze. Von meinem Leben hier, wegen dem mich die Leute aus den umliegenden Weilern für einen Simpel halten. Einen Lennie Small. Und von der Begegnung mit den beiden Kindern vor ein paar Monaten. Den beiden Rehkitzen. Von der Honigstimme meiner Mutter Antarame, die plötzlich wieder meine Ohren erfüllte, sagte: ›Diese Kinder sind deine Geschwister, Hagop, du musst dich um sie kümmern.‹ Louise dankte mir von Herzen dafür, dass ich sie aufgenommen hatte. Dabei wurde ihre Stimme ganz heiser, und ich spürte, dass sie an Geoffroys Vater dachte. An die Kälte. Die Leere. ›Jetzt hat er die Bäume des Waldes, Louise, die lehren ihn genauso viel wie ein Vater. Außerdem lassen sie ihn nie im Stich. Dein Sohn nimmt mehr Schönheit wahr, als wir es je könnten. Und wenn er Djamila die Winde und Sterne erläutert, schenkt er ihr all die Erhabenheit der Welt.‹ Und Louise dankte mir erneut. Sie hatte die gesamte Silvesternacht auf der Palliativstation verbracht und trotzdem Zeit gefunden, den Tisch zu schmücken, das Essen zu kochen. Lachs. Thymianbraten. Eis aus roten Früchten. Feine Farbvariationen. Von Rostrot bis Granat. Ich habe *sari burma* beigesteuert, kleine Kuchen mit Nüssen aus dem Wald – eigentlich bin ich kein besonders guter Bäcker, aber entweder hat es niemand bemerkt oder alle drei sind hervorragende Lügner. Djamila hat sogar welche eingepackt, für ihren Vater Ahmed und ihre beiden Brüder. Später hat sie mir gestanden, dass sie sie gar nicht probiert haben. Sie seien nicht halal. Während des Essens lachte sie mit Louise. Geoffroy war in seiner eigenen Welt. Wir waren wie eine Familie, es war das einzige Mal. Anschließend half Djamila beim Abspülen. Ich hörte Louise und ihr zu. ›Warum haben Sie sich für so einen Beruf entschieden, Louise?‹ ›Was für einen Beruf?‹ ›Na, Leute sterben lassen.‹ Louise trocknete sich die Hände ab, legte das Geschirrtuch weg. ›Komm mit.‹ Sie setzten sich aufs Sofa. Louise lächelte. ›Ich lasse die Leute nicht sterben, Djamila, ich kümmere mich um sie, wenn sie sterben, wenn die Medizin nichts mehr für ihre Heilung tun kann. Dann gebe ich ihnen, was sie brauchen, um nicht leiden zu müssen. Ich versuche ihnen die Angst zu nehmen.‹ ›Aber macht Sie das nicht viel zu traurig?‹ ›Nein. Ich weiß, dass sie in Frieden gehen. Nichts bereuen.‹ ›Glauben Sie, meine Mutter ist auch in Frieden gegangen? Sie ist gestorben, als sie mich zur Welt gebracht hat.‹ ›Das weiß ich nicht, Djamila.‹ ›Sie hieß Lahna. Das bedeutet Ruhe auf Kabylisch. Frieden.‹ ›Vielleicht ist das die Antwort auf deine Frage.‹ Djamila zeigte uns ein Foto von ihr, das sie immer dabeihatte. Darauf war ihre Mutter zwanzig Jahre alt. Sie trug ein traditionelles Kopftuch. Eine schwere Goldkrone. Ein Kleid aus feinstem Satin, der in tausend Farben schimmerte. Sie sah aus wie eine Prinzessin. Louise bemerkte, dass Djamila die Augen ihrer Mutter habe, denselben ungewöhnlichen Farbton, und Geoffroy, bis dahin stumm in sein Buch vertieft, rief aus: ›Veronesergrün, Maman!‹, und fing an, vom Kupferpigment zu erzählen, das den Giftmischern goldene Zeiten beschert hatte, und alle lachten, was der Junge nicht verstand, bis

Djamila es ihm erklärte: ›Du machst uns einfach glücklich, Geoffroy.‹ Da fiel mir ein Vers des großen Dichters Parujr Sewak ein, ›Der Frühling kam, doch es schneite‹, und mir blieb das Lachen im Hals stecken.«

Frisches Blut

Und wie aufgeschreckte Sperlingsschwärme stoben die rotbraunen und schokoladenfarbenen Blätter zu Tausenden von den Zweigen der Bäume. Sie flatterten kurz durch die Luft, als suchten sie Zuflucht in einem trunkenen Tanz, ehe sie unweigerlich auf dem Boden zum Liegen kamen und dort Erde, Moos und Steine mit Feuer überzogen. Zu fahlgelben, schlammigen Gebeinhaufen zerfielen, die nachts vom Reif mit Diamantenasche bedeckt wurden, um im Morgengrauen den endlosen Schleier einer unter mysteriösen Umständen entschwundenen Braut zu enthüllen. Es ist Winter. Das Fell der Rehkitze hat sich grau gefärbt, als wären sie urplötzlich gealtert. Das Geweih, das sie im Herbst abgeworfen haben, sprießt wieder auf ihren Köpfen, entgegen der Jahreszeiten. Die Füchse verwandeln sich in Abwesenheit des Niederwilds in Aasfresser. Kein frisches Blut tränkt das weiße Fell an ihrer Schnauze. Die Wildkaninchen fressen ihren eigenen Kot. »Das nennt man Caecotrophie«, erklärt Geoffroy, während er den Ofen mit Eschen- und Ulmenholz füttert, und Djamila verzieht angewidert das Gesicht. »Das ist ja ekelhaft!«, ruft sie. Die Murmeltiere und Siebenschläfer halten Winterschlaf. Die Eichelhäher und Steinkäuze schweigen. Vom Boden steigt Dunst auf, wie von unzähligen kleinen Seufzern. Im grellen, kalten Licht des Tages gleichen die Baumstämme dicken Kreidestrichen, ehe die untergehende Sonne sie des Abends entflammt. Gestern hat es geschneit und heute Früh zeigt Geoffroy Djamila Spuren von Rotkehlchen und Drosseln. Und von Rehen vielleicht, er ist zu weit weg, um ganz sicher zu sein. Der Wald ist weiß. Eine Stille. Ein Zauber. Er wird wieder zum Schoß der Welt. Zum Land der einsamen Kinder, die so traurig und glücklich sind – so wie wir einmal waren. Diese Kinder warten auf uns, darauf, dass wir erneut unter ihnen leben. Zusammen mit ihnen unser Quäntchen Unschuld wiederfinden, unsere verlorene Fähigkeit zu staunen, die uns als einzige zu menschlichen Wesen machen kann. Aber wir haben zugelassen, dass unser innerer Rabe uns die Lammäuglein auspickt, und das Blut der Menschen ist nie mehr versiegt.

Saftgrün

Früher sagte man, es würde ihnen an »Gemüt« mangeln. Ursprünglich bedeutete das Wort so etwas wie Seele, Wesen, Geist. Doch es umfasst auch die gesamte Psyche eines Menschen, Herz und Verstand. Es beschwört ein gefühltes Bewusstsein im tiefsten Inneren herauf, das dieses Wort mit Bedeutungsschwere und Romantik auflädt, in sehr deutscher Manier. »Gemütlichkeit« hingegen ist eine Art persönliches Paradies. Ein Zustand, in dem Körper und Seele im Einklang sind. Die Gemütlichkeit verknüpft Harmonie und Geborgenheitsgefühl. Sie ist Ausdruck einer Gleichung, die sich folgendermaßen formulieren ließe: je chaotischer die Außenwelt, desto größer die Gemütlichkeit im Inneren. So bleibt das Gleichgewicht erhalten. Die Ordnung der Dinge gewahrt. Die Theorie, dass manche Kinder kein Gemüt hätten, wurde 1943 von einem österreichischen Arzt aufgestellt, während man im Pavillon 15 der Wiener Heil- und Pflegeanstalt für Nerven- und Geisteskranke Am Steinhof, dem Spiegelgrund, auf einem saftgrünen Hügel hoch über der Stadt solchen Kindern bereits Veronal und Luminal spritzte und so tödliche Lungenentzündungen verursachte. Mit ungefähr zehn Jahren hatte auch Geoffroy diese Diagnose bekommen. »Vielleicht bleibst du immer ein bisschen abwesend und zurückgezogen«, hatte Louise gesagt. »Vielleicht hast du Schwierigkeiten, Freunde zu finden. Aber dafür bist du sprachbegabt. Intelligenter als die anderen. Schneller. Manchmal erkennst du vielleicht ein Gesicht nicht wieder oder kannst den Ausdruck darauf nicht deuten. Manchmal weißt du vielleicht nicht, ob jemand mit dir schimpft oder scherzt. Manchmal tust du dich vielleicht schwer, den übertragenen Sinn eines Ausdrucks zu verstehen. Wenn jemand zum Beispiel ›die Zunge zügeln‹ benutzt, glaubst du, dass du deine Zunge an die Zügel nehmen musst, und fragst dich, wie du das anstellen sollst. Du kannst vielleicht nicht lügen und verletzt deshalb Menschen. Sogar mich. Oder Papa. Manchmal schwirren dir vielleicht zu viele Geräusche im Kopf herum. Zu viele Gerüche. Und du bekommst Angst. Aber ich werde immer für dich da sein. Und dich trösten. Manchmal denkst du vielleicht, dass die Leute in dein Gehirn gucken können, dass sie wissen, was du weißt, aber das stimmt nicht. Du bist ein einzigartiger kleiner Junge. Außergewöhnlich. Kostbar. Und du kannst ebenso glücklich werden wie jeder andere. Heranwachsen. Tun, was dir gefällt. Jemanden finden, dem dasselbe gefällt und der außerdem auf dich achtet. Du wirst niemals allein sein, Geoffroy. Du bist aus anderem Holz geschnitzt, aber genauso Teil dieser Welt.« Pierre hatte auf dem Sofa gesessen und seiner Frau schweigend zugehört, zugesehen, wie sein zehnjähriger Sohn all diese schwierigen Worte aufnahm, die eigentlich Worte der Liebe waren, dann war er aufgesprungen, hatte sich wütend seinen Mantel geschnappt und war nach draußen in die Kälte gestürmt. Die Kälte seines Herzens. Er war erst zwei Tage später zurückgekehrt, mit dem Geruch einer anderen unter den Fingernägeln.

Gelb

12. Januar. Vierundachtzigtausend Demonstrierende in Frankreich. Tony rieb sich die Hände. »Es geht wieder aufwärts, Kumpel, es geht wieder aufwärts.« Achtzigtausend Polizistinnen und Polizisten. Also 0,95 pro Gelbweste. »Die Herrschaften schwächeln langsam!« Gegen Abend ein bisschen Gerangel hier und dort, Bourges, Nîmes, Bordeaux, Lille, Toulouse, Paris. Immer im heiklen Moment der Auflösung. Zweiundzwanzig Verletzte. Zwei lebensgefährlich. Plötzlich wachte auch der Wackelpudding Hollande auf und verkündete, man müsse »den Volksentscheid adeln«. »Und warum hat er das nicht gemacht, als er selbst Präsident war?«, fragte Tony. »Siehst du, Pierrot, die sind alle gleich. Verantwortlich, aber nicht schuldig. Die alte Leier.« »Obwohl man bei ihm wenigstens noch was zum Lachen hat mit den Regenduschen, die er dauernd abkriegt«, fügte Julie in einer weinerlichen Calimero-Imitation hinzu. 26. Januar. Neunundsechzigtausend Demonstrierende. NICHT SCHLAPPMACHEN, LEUTE. Zusammenstöße auf der Place de la Bastille. Jemand verlor ein Auge. Schon der Siebzehnte seit Beginn der Wut. Vier Menschen war die Hand zerfetzt worden. Elf waren gestorben. Tausendsiebenhundert Verletzte auf der einen, tausend auf der anderen Seite. »So kann das nicht weitergehen«, meinte

Jeannot. »Wir dürfen nicht zulassen, dass sich unsere Träume in Prügeleien zerschlagen.« »Alles oder nichts.« »Wie du mir, so ich dir.« Die Große Debatte, die gerade begonnen hatte, löste nur ein müdes Lachen aus. »Das ist ein Bluff. Augenwischerei. Ihr werdet schon sehen«, sagte eine Gelbweste der ersten Stunde desillusioniert voraus, »der Präsident gibt den Prediger und lässt dann großen Worten kleine Taten folgen.« »Wenn überhaupt, Mann, wenn überhaupt.« Pierre fuhr am Kreisverkehr vorbei. Ohne seine Weste. Nur als Zuschauer, um seine Freunde zu besuchen. Jean-Mi. Jeannot. Julie war auch da, sie kümmerte sich um den Grill. Das Verhältnis zwischen ihnen war eisig, und er fragte sich, wie es passieren konnte, dass zwischen zwei Menschen, die miteinander geschlafen hatten, die so weit gegangen waren in dieser Sprache, dieser überwältigenden Nähe, die Taumel und Auflösung des anderen erlebt hatten – Julie hatte es geliebt, wie er sie geleckt hatte, es sogar gesagt: »Ich liebe es, wie du mich leckst, Pierre, leck weiter, leck mich ganz aus!« –, dass zwischen diesen beiden Menschen plötzlich nichts mehr war als Raureif. Gleichgültigkeit. Nichts als der Wunsch, den anderen aus dem Gedächtnis zu streichen. Alles Schöne an ihm auszuradieren. Alles Helle. Am Kreisverkehr war viel los. Vor allem junge Leute, die sich der Bewegung angeschlossen hatten. Die glauben wollten, dass sie die Welt verändern konnten. »Hmpf, und am Ende erkennst du, dass du nur deine eigenen Wünsche verändern kannst«, bemerkte Jeannot ernüchtert. Tony gab zurück: »Erklär mal einem Zwanzigjährigen, dass es reicht, einen Abend lang mit ein paar Leuten in ’ner Turnhalle zu quatschen, alles loszuwerden, was man auf dem Herzen hat, wie bei den Anonymen Alkoholikern – das kommt dir wohl bekannt vor, was, Jeannot –, zu verkünden, was man an der Gesellschaft gern verbessern würde, damit das Alltagsleben angenehmer und gerechter wird et cetera pp., als würde unser Goldjunge mit der Zahnlücke, die andere in die Rentenlücke stürzt, alle Wünsche erfüllen. Einfach so. Zack! Nur Bares ist Wahres. Wir wollen was Konkretes. Beachtung. Sonst nichts.« »Wer sich nie selbst die Finger schmutzig macht, hat leicht reden«, erwiderte Jeannot gekränkt. Pierre trank ein, zwei Bier. Eher zwei. Jedermann wollte wissen, warum er samstags nicht mehr kam. Alle erinnerten sich noch an den herausgerissenen Blitzer. Die Molotowcocktails. Er war hier ein Held. Ein Held hinter vorgehaltener Hand. Unter dem Deckmantel. Wie die wahren Widerstandskämpfer von damals. André Lugiez, Jean Lebas, Colonel Hollard. Und so viele andere. Männer, die bereit gewesen waren, ihr Leben für die Sache zu geben. Heute wollte niemand mehr sein Leben geben. Deswegen hatten sie alles verloren. Anschließend kehrte Pierre in sein Zimmerchen im Formule 1 zurück. Eine neun Quadratmeter große Strafe. Mit brauner Tapete hinter dem Bett, damit die Flecken nicht so auffielen, sollte man mal die Wände hochgehen. Auf dem Polizeirevier war es nicht sonderlich gut gelaufen. Trotz der Dunkelheit war der Kangoo auf dem Überwachungsvideo klar und deutlich zu erkennen. Die rechte Hälfte des Nummernschilds ließ sich mühelos entziffern. 19-AA. Dazu das offizielle Logo der Region. Fehlten nur die erste Ziffer und die zwei Buchstaben davor, also sechstausendsiebenhundertvierzig mögliche Kombinationen, aber ein Abgleich mit den im Département zugelassenen Kangoos in dieser Farbe hatte die Zahl schnell auf achtzehn reduziert. Innerhalb von zwei Tagen hatten sie den von Tony gefunden. Sonst waren auf dem Video allerdings nur Umrisse zu sehen. Darunter ein sehr kleiner. Sehr schmächtiger. Vielleicht eine junge Frau. Sie hatte die erste Brandbombe geworfen, die ein paar Meter weiter in Flammen aufgegangen war, ohne die Fassade des Finanzamts zu berühren. Tony hatte sich schwergetan nachzuweisen, wo sein Auto an jenem Morgen gewesen war. Er hatte Quark gestammelt à la: »Wir waren am Kreisverkehr, der Schlüssel hat gesteckt, falls wer ’nen Kumpel oder Essen oder Kaffee holen fährt. So muss es gewesen sein, ganz klar. Irgendwer hat mein Auto genommen und das gemacht, was Sie gesagt haben.« Die Polizei hatte ihn seine Story zehn-, zwanzig-, dreißigmal wiederholen lassen, bis er schließlich eingeknickt war. Er hatte gestanden, am Steuer gesessen zu haben, aber das mit den Molotowcocktails sei er nicht gewesen, »so was würde mir nie einfallen. Niemals. Ich will ja nicht im Knast landen. Das ist doch krank«. Und er hatte Pierres Namen verraten.

Tuscheblau

Es war im letzten Frühjahr gewesen. Die Bäume schienen, von neuem Leben erfüllt, den tuscheblauen, im Osten leicht stürmischen Himmel zu stützen. Die Kinder hatten am Fuß einer der großen Eichen gestanden, die die Hütte umgaben, wie Wachposten, hatte Hagop einmal gesagt. Djamila hatte mit einem Stichel die Buchstaben D&G in die Korkrinde geschnitzt und gefragt, ob Bäume weinen könnten. Ob sie schrien, wenn man sie fällte. Ob sie brüllten, wenn man sie niederbrannte. »Glaubst du, ich tue ihm damit weh?« »Ich weiß es nicht«, antwortete der Junge. »Aber möglich ist es. Es gibt Studien darüber, dass in Bäumen elektrische Signale fließen.« Später hakte sie nach, ob er gern mit ihr zusammen sei, und er meinte: »Natürlich.« »Warum?« »Weil du meine Freundin bist. Und in Freundin steckt Freud. Das nennt man Anagramm. Wie rau in Aura. Wie Neuanfang in Sonnenaufgang.« »Warum liebst du mich, Geoffroy?« Der Junge ließ sich Zeit, wie bei jeder komplexen Frage. »Weil neun unserer zehn Lieblingsbäume übereinstimmen.« »Warum liebst du mich?« »Weil deine Augen veronesergrün sind.« »Warum, Geoffroy?« »Weil deine Haare blau schimmern. Weil du leicht nach frisch geschnittenem Gras riechst. Das ist ein Hilferuf.« Das junge Mädchen sah ihn verwundert an. »Ja, so riechen die flüchtigen chemischen Verbindungen, die das Gras freisetzt, wenn es beschädigt wird. Viele assoziieren den Geruch mit Frühling. Aber das ist dumm. Weil es eigentlich der Geruch der Panik ist. Er soll Insekten anlocken, die das Gras vor Fressfeinden schützen, weil es fürchtet, verschlungen zu werden.« »Aber das ist doch kein Grund, jemanden zu lieben!«, rief Djamila aus. Der Junge senkte den Kopf wie nach einer Standpauke und schwieg einen Moment, dann murmelte er: »Ich bin das Insekt, das dich beschützt, Djamila«, und Djamila unterdrückte ein Schluchzen. Kurz darauf nannte er ihr einen letzten Grund: »Weil die Welt mit dir weniger furchteinflößend ist.« Da schmiegte sich das Mädchen dicht an ihn. Sie legte den Arm um seine Schultern, zog seinen Kopf näher heran, und er ließ sie gewähren. Mit ihr bezwang er seine Ängste. Entwickelte Selbstvertrauen. Also atmete er noch einmal den Geruch nach frisch geschnittenem Gras ein, doch als seine Stirn ihre Brust berührte, versteifte er sich, und Djamila beruhigte ihn, ihre Stimme strich über seine Haut wie der sanfte, warme Dzhari aus der Sahara, einwiegende Worte, beinahe eine Litanei, »Mädchenbrüste sind sehr weich, und meine gehören nur dir, dir allein, siehst du, wie straff und glatt meine Haut ist, wie Marmor, koste meine Brustwarzen, sie sind kühl wie Kieselsteine für die Zunge, meine Brüste sind heiße Quellen, und wenn man sich liebt, ist der Körper des anderen keine ferne Insel mehr, keine Unmöglichkeit, nein, er wird zum Hafen, in dem man ankern, sein Herz festmachen kann, sich sagen: Hier will ich leben, und weil Menschen miteinander schlafen, wenn sie sich lieben, so wie Durstige trinken, Glückliche lachen, Sterbende manchmal singen, will ich mit dir schlafen, du sollst mein erstes Mal sein, meine bebende Angst, alle meine Male«, und der Insektenjunge murmelte: »Ja, ja«, und keiner von beiden wusste, ob sie diese Worte wirklich ausgesprochen oder nur geträumt hatten, ob der Dzhari sie zu ihnen getragen hatte wie tanzenden Wüstensand oder ob Antarames Honigkuchenstimme sie ihnen zugeflüstert hatte.

Rosengelb

Auf dem tausendvierhundertsiebenundachtzigeinhalb Schritte langen Weg bis zum Haus mit den Geranien, die mittlerweile zum Schutz vor dem Frost in die Garage geräumt worden waren, entdeckten sie an der Ecke Rue du Lavoir und Rue des Tournelles Pierre. Er stand reglos und aufrecht da. In der Hand einen Strauß Rosen. Die Blumen sahen nach ihrer langen Reise ziemlich erschöpft aus. Hydrokultur in riesigen Gewächshäusern in Kenia oder Äthiopien, Ernte und Verpackung. Dann mit dem Schiff in die Niederlande, Aalsmeer, Blumenbörse. Dann fünfhundert Kilometer im Lkw nach Rungis. Ausladen. Einladen. Zurück in den Norden. Lieferung an Auchan. Binden von Sträußen zu drei, fünf, sieben Rosen. Ausstellen vor den Kassen. Und am Ende der Woche, wenn die Blumen siebenmal so lang gelebt hatten, wie es ihnen laut Malherbe eigentlich bestimmt war, wenn ihre Blütenblätter knitterig waren wie müde Augenlider, durfte das Personal sie mitnehmen, und Pierre hatte ganze fünfzehn ergattert. Fünfzehn Rosen für Louise. Fünfzehn, die Zahl der Entschuldigung in der Blumensprache. Aber nur, wenn sie rot sind, Pierre. Rot. Deine sind gelb, guck sie dir an. Geoffroy und Djamila blieben wie angewurzelt stehen. Beinahe erschrocken. Pierre trat unsicher auf sie zu. »Geh nach Hause, Djamila.«

Sie wollte protestieren. Seine Stimme wurde hart. »Ich will mit meinem Sohn allein sein. Allein. Kennst du das Wort?« Geoffroy fing an, sich vor und zurück zu wiegen. Djamila sagte: »Alles gut. Beruhig dich. Denk was Blaues. Denk was Grünes.« Pierre brauste auf: »Willst du wissen, was *ich* denke? Ich finde es nicht normal, dass sich ein Mädchen in deinem Alter ständig mit meinem Sohn rumtreibt. Bist du seine Pflegerin? Nein! Also verzieh dich gefälligst. Verstanden? Hau ab!« Und Djamila rannte davon. Pierre näherte sich seinem Sohn. Geoffroys pendelnder Körper war inzwischen kurz davor, aus dem Gleichgewicht zu geraten. Seine Hände schlugen auf seinen Kopf ein. »Ich will Djamila. Meine Freundin. Sie ist meine Freundin.« »Und ich bin dein Vater«, sagte Pierre. »Ich will mit dir nach Hause gehen. Ich will, dass du mir von deinem Tag erzählst.« »Sie ist meine Freundin.« Der Arm des Jungen fuhr durch die Luft wie ein Schwert, damit sein Vater zurückwich. »Hier kannst du nicht gehen. Da rüber. Du musst da rüber.« Pierre entfernte sich, bis er fast an die Hauswand stieß. »So? Ist es hier besser?« Geoffroy nickte. »Und deine Schritte müssen genau zweiundsechzig Zentimeter lang sein, sonst stimmen die ganzen Berechnungen nicht mehr.« »Zweiundsechzig Zentimeter? Was soll der Scheiß?« »Zweiundsechzig Zentimeter lange Schritte. Da drüben.« Dann machte der Junge sich wieder auf den Weg nach Hause, den Blick stur auf die Bordsteine gerichtet. Hundehaufen. Glasscherben. Bodennoppen. Alles umgehen, was die Mathematik durcheinanderbringen könnte. »Du siehst gut aus«, sagte Pierre plötzlich. Geoffroy antwortete nicht. Tausendeinhunderteinundzwanzig. Tausendeinhundertzweiundzwanzig. »Ich hab dir noch gar kein frohes neues Jahr gewünscht, mein Sohn. Also hole ich das jetzt nach. Frohes Neues.« Nein! Nicht näherkommen! Tausendeinhundertachtundzwanzig. »Deiner Mutter auch nicht. Hier, hast du gesehen? Ich habe ihr Blumen mitgebracht. Rosen.« Gelb. Gelb. Tausendeinhundertsiebenunddreißig. Tausendeinhundertachtunddreißig. »Ich will, dass wir wieder eine Familie sind, Geoffroy.« Tausendeinhunderteinundvierzig. »Ich weiß, dass ich kein besonders guter Vater war mit meinen Wutanfällen und der schlechten Laune, aber das ist vorbei. Ich gehe nicht mehr zu den Demonstrationen, ich schlage nichts mehr kaputt. Ich überlege mir eine andere Form des Protests. Friedlicher. Sinnvoller.« Tausendeinhunderteinundsechzig. Tausendeinhundertzweiundsechzig. »Glaubst du, deine Mutter freut sich, mich zu sehen?« Der Junge wurde immer unruhiger. Sein Körper wirkte, als würde er gleich vornüberkippen. Auf einmal waren da viel zu viele Stürme in seinem Kopf. Gewaltige Wellen, die sich an Steindämmen brachen. Schreie. Schüsse. Schlagende Türen. Brennendes Benzin. Tausendeinhundertvierundachtzig. Tausendeinhundertfünfundachtzig. »Ich will, dass wir uns besser kennenlernen, wir zwei. Einverstanden? Einverstanden, Geoffroy?« Tausendzweihundert. Zu Hause. In zweihundertsiebenundachtzigeinhalb Schritten. »Jetzt mach endlich den Mund auf. Geht das schon wieder los, verdammt? Ich gebe mir Mühe, und du behandelst mich wie einen Fremden!« Zweihundertsiebenundachtzigeinhalb Schritte. Ein Meter pro Sekunde. Bei einer Schrittlänge von zweiundsechzig Zentimetern. Noch hundertsiebenundachzigeinviertel Meter. »Hörst du mir überhaupt zu?« Zu Hause. In 2,9708333 Minuten. »Verstehst du, was ich sage, Geoffroy? Ich will ein Teil deines Lebens sein. Ein guter Vater. Wir fangen noch einmal ganz von vorne an, du und ich. Schau, wir sind da.« Geoffroy stieg die drei Stufen bis zur Haustür hoch. Rechte hintere Hosentasche. Am Ende des geflochtenen Lederbands. Schlüssel. Nehmen. Aufschließen. Er schrie: »Maman!«, und fiel zu Boden. Wieder die festklebende Möwe. Das verrenkte Kind. Der Kummer der Männer. Louise stürzte herbei. Sah ihren Sohn auf dem Boden. Pierre in der Tür. Mit seinen gelben Schrottrosen in der Hand. »Verschwinde von hier, hau ab! Du kannst nur zerbrechen und zerstören. Mach, dass du wegkommst, Pierre!« Und Pierre ließ den armseligen Blumenstrauß auf der Konsole im Flur zurück, verzog sich mit einem gemurmelten »Es tut mir leid«, und Louise legte sich auf die Fliesen neben ihren Sohn, als würde sie sich an den Saum eines Meeres legen und auf die nächste, noch stärkere Welle warten, die sie forttrug.

Gelb

»Wir haben hier einen Mann, wie es ihn millionenfach gibt«, sagte der Anwalt in seinem Plädoyer. »Einen Nobody. Einen Kerl, der in einem französischen Dorf lebt. Weit weg von allem. Denn zwanzig Kilometer bis zum nächsten Supermarkt sind weit. Dreißig Kilometer bis zum nächsten Arzt sind eine Weltreise. Einen Kerl, der bis zur Arbeit vierzig Minuten braucht. Der sein Bestes tut. Der nicht in den Urlaub fährt, so wie knapp einer von vier Franzosen, wegen der Raten fürs Haus, der Dieselsteuer und wegen seines alten Autos, das er seit Jahren hegt und pflegt, aber bald nicht mehr benutzen darf, weil irgendwelche Leute in Paris beschlossen haben, dass die Luft auf dem Land zu schlecht ist. Allerdings hat er nun mal kein Geld, um sich ein neues zu kaufen. Dann wird er eines Tages entlassen. Zusammen mit sechzig Kolleginnen und Kollegen. Weil Menschen nebensächlich sind. Bloß Zahlen in der Bilanz. Kanonenfutter, genau wie 1939, nur diesmal in einem Weltkrieg, der verdeckt ausgetragen wird. Einem Krieg um Börsenkurse und Dividenden. Keine gute Zeit, um einen neuen Job zu ergattern, in einer Gegend, in der es nichts mehr gibt. Und wenn unser Präsident behauptet, man müsse nur die Straße überqueren, um was zu finden, hat er keinen blassen Schimmer, dass der Bäcker, der Metzger, der Drogeriemarkt und das Bistro gegenüber alle zugemacht haben. Es ist demütigend, mit fast fünfzig auf Geld vom Amt angewiesen zu sein. Betteln zu müssen. Jeden Tag im Fernsehen die Superreichen große Reden schwingen zu hören. Politikerinnen und Politiker, die Tugend predigen, bevor sie dich über den Tisch ziehen, einer schlimmer als die andere. Irgendwann kann unser Mann nicht mehr. Seine Wut überrollt ihn. Aber er kann nichts sagen, weil die Gesellschaft es so eingerichtet hat, dass Einzelne kein Gehör finden. Also muss er lauter schreien. Gehört werden. Gesehen. Endlich berücksichtigt. Und wenn ihm nicht einmal dieser Schrei erlaubt wird, ja, dann hat er doch philosophisch betrachtet das Recht, eine kleine, benzingefüllte Flasche gegen die Wand eines Finanzamts zu werfen, das all seinen Groll verkörpert. All die Ungerechtigkeit. Pierre Delattre hat am Morgen des 15. Dezember nicht mehr getan, als ein bisschen lauter als üblich zu schreien.«

Orange-schwarz

Nach ein paar ruhigeren Samstagen loderte das Feuer wieder. Ganz Frankreich war nach Paris gezogen. Seit dem späten Vormittag waren die Champs-Élysées ein Minenfeld. Roller und Autos brannten. Caféstühle. Zeitungskioske. Eine Bank. Eine Baumaschine. Orange-schwarze Schwaden stiegen in den Himmel auf. Fast wie im bombardierten Saraqib. Geplünderte Geschäfte. Longchamp. Ladurée. Jeff de Bruges. Jeder mag Schokolade. Hier bitte, bedienen Sie sich. Heute geht alles aufs Haus. An die Fassade des brennenden Restaurants Fouquet's, wo die Flammen die Erinnerung an den 6. Mai 2007 wieder anfachten, an das Protzdinner des frisch gewählten Präsidenten Sarkozy – »er war damals schon ein verkappter Plutokrat, wir hätten ihn direkt an dem Abend abfackeln sollen«, meinte Tony bedauernd –, hatte jemand ein elegant-lässiges »FOU-geht's noch?« gesprayt. Andere Slogans im Viertel waren bedrohlicher. »Wir kommen, Manu.« »Wir kriegen dich, Manu.« Aber Manu Macron war gerade in La Mongie in den Pyrenäen, dick eingemummelt in seine schwarze Skijacke, um nach drei Tagen Ostafrika mit Frau und Freunden auf den schneebedeckten Pisten »aufzutanken«. Zum Glück konnte der Regierungsschlächter alle beruhigen: »Er lässt sich natürlich minütlich über die Geschehnisse auf dem Laufenden halten.« Puh. Macron kehrte noch am Abend nach Paris zurück. Ganz und gar nicht erfreut. Stinksauer auf die Brandstifter. Dabei loderte das heißeste Feuer an jenem Samstag, den 16. März, nicht in Paris, sondern im fünften Stock des Krankenhauses Thomazeau. Denn als Aurélien Cuvelier dort auf einer Fahrtrage ankam, trafen sich sein und Louise' Blick, und ihre Herzen standen in Flammen.

Schwarz

Bakki und Lizul, nun nach den Regeln der Sunna gekleidet, die es verbot, sich in Stolz und Hochmut zu hüllen, betraten das Zimmer ihrer kleinen Schwester, ohne anzuklopfen. Djamila lag auf dem Bett. Kopfhörer in den Ohren. Cardi B, *I like it:* »They call me Cardi Bardi / banging body / spicy mami / hot tamale«. Sie sah sie nicht hereinkommen und schrie auf, als Lizul ihr die Kopfhörer wegriss. »Was soll der Scheiß, lass mich gefälligst los!« Bakki fing an, die an die Wand gepinnten Fotos zu entfernen. Beyoncé. Lisa Bonet, die zukünftige Mutter von Zoë Kravitz, aus der Zeit der *Bill Cosby Show*, zuckersüß. Beyoncé an Halloween als Lisa Bonet verkleidet. Mädchenkram. Mode. Glamour. Das berühmte New-York-Foto von Lindbergh mit Campbell, Evangelista, Patitz, Turlington und Crawford. Zerfetzt. Zertrampelt. Djamila wollte aufspringen, sich wehren, aber Lizul hinderte sie daran. »Spinnt ihr jetzt komplett? Was stimmt nicht mit euch?« Und Bakki antwortete langsam und ernst: »So kannst du nicht weitermachen, Djam. Das ganze Zeug, das bist nicht du. Das sind nicht wir.« »Was soll das denn heißen, Bakki?« »Das soll heißen, dass du Schande über uns bringst. Das soll heißen, dass du nicht länger rumlaufen kannst wie eine *khaba*.« Er öffnete ihren Schrank. Zerriss die kurzen Röcke, die engen

Pullis, die sexy BHs. Djamila brüllte: »Du Mistkerl, du Arschloch, dazu hast du kein Recht!« »Du musst deine Familie respektieren, Djam. Deine Abstammung.« »ICH STAMME AUS DEM BAUCH MEINER MUTTER UND BIN FRANZÖSIN!« »Ts, ts«, schaltete sich Lizul ein. »Frankreich ist vielleicht dein Land, aber Allah ist deine Heimat. Und Allah, der Weise und Gerechte, will dich nicht mit nackten Beinen auf der Straße sehen, mit entblößtem Bauchnabel, will nicht hören, wie die *almujrimin* dir nachpfeifen. Du musst deine Brüder ehren. Und deinen Vater.« Da gab Djamila den Kampf auf. Sie betrachtete ihre kaputten Kleider und erkannte darin ihren zerfetzten Leib. Sie weinte, und ihr Blut floss. »Die Franzosen haben uns vor hundert Jahren hierhergeholt, damit wir in Le Creusot arbeiten, in den Stahlfabriken Waffen herstellen und später ihre Schützengräben ausheben. Unsere Mütter mussten wir zurücklassen. Damals waren sie heilfroh über jede Hand mehr. Jahre nach dem Krieg haben sie denjenigen von uns, die nicht im Kugelhagel oder Giftgasnebel krepiert waren, eine Aufenthaltserlaubnis erteilt, uns irgendwann sogar Ausweispapiere gegeben. Sie haben uns zu Franzosen gemacht. Wir sind inzwischen seit vier Generationen hier, Djamila. Schau dir unseren Vater an! Er hat immer brav seine Steuern bezahlt. Er ist ehrlich, Allah ist sein Zeuge. Er war unserer Mutter treu, möge Allah ihrer Seele gnädig sein, er liebt dieses Land, er beklagt sich nie, und die lassen ihn in dieser Chemiefabrik verrecken. Man betrachtet ihn weiter als Araber. Nicht als Franzosen. Keiner nennt ihn Monsieur. Monsieur Zeroual. Alle duzen ihn wie einen Hund. Zehn Millionen Franzosen haben im zweiten Wahlgang die *khaba* Le Pen gewählt. Zehn Millionen, die uns am liebsten zurück übers Meer schicken würden. Sie haben uns nie gewollt. So lange parken sie uns in Hochhäusern, auf Straßen mit Vogelnamen, wie Beschimpfungen. Aber wir werden uns zeigen. Ihnen zeigen, dass wir da sind. Dass dieses Land unser Zuhause ist.« Bakki legte eine Dschilbab aufs Bett. »Die ziehst du ab jetzt an. Ich will nicht mehr hören, dass unsere Brüder dich auf der Straße beleidigen. Oder dass du dich mit dem kleinen Spasti rumtreibst. Dem schwachsinnigen *giaur.* Sonst war's das mit der Schule. Dann lassen wir dich nicht mehr aus dem Haus. Ach, und das hier gibst du deinem Sportlehrer«, fügte er hinzu. Ein ärztliches Attest, das sie vom Schwimmunterricht befreite, wegen einer Chlorallergie. Djamila legte sich wieder hin. Zog sich die Decke über den gesteinigten Körper. Verschwand wie unter Graberde. Ihre Brüder verließen ihr Zimmer, und ihre Kindheit war vorbei.

Himmelblau

Du weißt nie, warum. Es erwischt dich kalt. Ohne Vorwarnung. Wie ein Klavier, das dir auf den Kopf knallt. Wie ein fieser Fußtritt in den Magen. Es tut weh. Die Art von Schmerz, die wohl die schönste ist. Vermutlich hat eine ästhetische Vorliebe den Funken überspringen lassen. Ein Verhalten. Oder ein einfacher Blick. Manchmal sogar eine alte Wunde. Ein Teil des anderen hat sofort eine Verbindung zu einem Teil von dir hergestellt, von dem du überhaupt keinen Schimmer hattest. Vielleicht deine Seele. Und so setzen sich jäh zwei Stücke zu einem Ganzen zusammen, in dem sie eigentlich nichts zu suchen haben. Zwei Stücke eines blauen Himmels im Puzzle eines grauen. Es folgen Schwindel. Herzklopfen. Trockener Mund. Sprachstörungen. Da stehst du also nun. Natürlich kannst du noch zurückweichen. Fliehen. Aber diesem Schmerz entkommst du nicht. Es ist die Hoffnung. In der Krankenakte las Louise: Aurélien Cuvelier, 41 Jahre, chronisch-lymphatische Leukämie, Stadium C. Anschließend die Berichte der jahrelangen Behandlung. Fludarabin und Endoxan. Bactrim. Pentamidin-Inhalation. Rituximab seit Auftreten der Richter-Transformation. Sie las vom Krieg. Sie las von der Niederlage. Sie las vom Rückzug. Von der Kapitulation. Sie kannte die letzten Tage. Die Angst, die Kälte. Sie kannte die

Qual, wenn man die Waffen streckte. Das Grollen. Wenn man ein unhörbares Lebwohl sprach. Eine letzte traurige Grimasse zog. Seit acht Jahren schon gab sie jeden Tag einen Teil ihrer Lebenssubstanz, wie ein erodierender Boden, um sie anderen zu spenden. Knüpfte Verbindungen, die nichts verbanden. Öffnete die Hände, ließ den Sand durch die Finger rinnen. Wie hätte sie ahnen können, dass sie irgendwann einmal hier auf der Palliativstation die Faust ballen und den Sand würde festhalten wollen, für einen Tag, zwei Tage, acht Tage, wie Edith Piaf es in ihrem Bittgebet an Gott verzweifelt gesungen hatte? Dank Kortison- und Morphininfusionen lag Aurélien Cuvelier inzwischen bequem in Zimmer elf, gegenüber der blauen Wand. Die Augen auf das Meer ohne Horizont gerichtet. Als Louise eintrat, lächelte er. Ein Grübchen wie Gérard Philipe. Eine Kindheitsschramme auf der Wange. Wieder bebte Louise. Sie sagte: »Ich heiße Louise.« Er antwortete: »Und ich Aurélien.« Sie lächelte. »Ich weiß.« Errötete. Er meinte: »Sonst erröten nur junge Mädchen.« Sie erwiderte: »Oder aufgewühlte.« Anschließend floh sie aus dem Zimmer. Mit zerrissenem Herzen. Wie ein junges Mädchen. Im Stationsstützpunkt brach Brigitte in schallendes Gelächter aus. »Klar, wir begleiten ihn bei einer nicht gerade spaßigen Sache, aber ihm zu verkünden, dass du aufgewühlt bist, sprich, dass er dich aufwühlt, also das ist kein sonderlich unschuldiges Wort, Louischen, subtil geht anders.« »Weißt du was, Brigitte, ich bin glücklich.« Am Abend kramte sie eine CD von Leonard Cohen heraus, kochte ihrem Sohn sein Lieblingsessen, das grüne, und sang dabei *Suzanne* und *Hey, That's No Way To Say Goodbye*, weil sie verliebt war, und davon bekam man Lust, traurig zu sein, zu lachen, zu singen, einem kleinen Dreizehnjährigen sein Lieblingsessen zu kochen, ihn in den Arm zu nehmen und zusammen mit ihm zum zweiundzwanzigsten Mal *E. T.* zu schauen – das war die offizielle Zahl, er führte Buch –, ihm zu sagen, dass das Leben schön sei, auch wenn Leute auf Kreisverkehren jammerten und Autos anzündeten, während andere in Krankenhäusern starben und all die Schönheit für immer verließen. Als Geoffroy seine Mutter an jenem Abend betrachtete, entdeckte er in ihr etwas von Djamila, wenn sie mit ihm im Wald war. Wenn er ihr von den Sternen erzählte.

Rot

Das Walkie-Talkie rauschte. »Kasse acht, Pierre. Ich wiederhole: acht. Eine Frau. Roter Mantel.« »Roger.« Das sagte er gern und versuchte dabei zu klingen wie ein amerikanischer Schauspieler. Sofort marschierte er los, wartete zwei, drei Minuten, und als die Frau im roten Mantel mit ihrem Einkaufswagen Kasse acht passiert hatte, baute er sich vor ihr auf wie ein Grenzzaun und bat sie, ihm zu folgen. Sie schaute ihn an. Auf einmal blass. Resigniert. In einem der kleinen Büros des Wachdienstes glich er den bescheidenen Inhalt des Einkaufswagens mit dem Kassenzettel ab. Anschließend forderte er sie auf, ihren Mantel auszuziehen. Zunächst weigerte sie sich. Er sprach davon, die Polizei zu rufen, »das bedeutet jede Menge Scherereien für Sie, Madame. Strafanzeige pipapo, während die Sache bei uns unkomplizierter abläuft«. Die Frau schob die Hand in die linke Manteltasche und zog eine Büchse Sardinen, zwei modische Slips für Mädchen, sechs bis acht Jahre, und zwei Fläschchen Nagellack heraus. Aus der rechten holte sie zwei Viererpackungen Herta Knacki und ein Color-Changers-Spielzeugauto von Mattel. Aus den Innentaschen drei Minipackungen Frischkäse, eine Packung mit vier Scheiben Putenbrust und eine Banane. Gesamtwert 42,28 Euro. »Ich erwarte nicht, dass Sie es verstehen«, sagte die Frau schließlich. »Aber wir haben es im Moment nicht leicht. Mein Mann ist seit eineinhalb Jahren arbeitslos. Er geht jeden Samstag demonstrieren, aber so was bringt anscheinend nichts mehr. Friedlichkeit. Freundlichkeit. Alles dreht sich nur noch um die Krawallmacher.« Sie betrachtete das Diebesgut vor ihr auf dem Tisch. »Das mit dem Auto tut mir leid, ich weiß, das ist teuer (12,99 Euro), aber es war Jules' sehnlichster Geburtstagswunsch. Jules ist mein Sohn. Und die Höschen sind für Lola. Sie ist sechs, ihre sind ihr zu klein geworden. Der Rest …« Sie senkte den Blick in plötzlicher Scham, diesem uralten Morast, der alles absterben lässt, und murmelte: »Der Rest ist einfach Essen.« Pierre schwieg lange. Die Finger der Frau, die flach auf ihren Knien lagen, zitterten. »Wie heißen Sie?« »Madame Suarez. Mein Mann stammt aus Portugal.« Pierre lächelte. »Verzeihen Sie, Madame Suarez, aber eigentlich wollte ich Ihren Vornamen erfahren.« »Alice.« Wieder Schweigen. Nur das Walkie-Talkie knackte. Ein unwirklicher Moment. Ein Atemanhalten. Irgendwann stand Pierre auf und nahm eine Plastiktüte aus einem Metallschrank. Darin packte er alles ein, was die Frau gestohlen hatte, und legte die Tüte anschließend in den Einkaufswagen. »Ich begleite Sie nach draußen, Alice.« Alice stammelte: »Ich verstehe nicht …« Pierre schob den Einkaufswagen. Sie verließen das Büro. »Sind Sie mit dem Auto hier?« »Das ist nicht durch den TÜV gekommen«, antwortete Alice. »Ich habe den Bus genommen.« »Dann gehen wir zur Bushaltestelle.« Schauen Sie sich die beiden an, dort auf dem Parkplatz. Den Mann in Schwarz mit seiner neonorangen Armbinde, der großen Taschenlampe, dem Pfefferspray, und die kleine Frau in Rot, die hinter ihm hertrippelt. Er schlängelt sich schnellen Schrittes zwischen den Autos hindurch, als wären sie Leichen auf einem Schlachtfeld, und bleibt erst an der Bushaltestelle stehen. Man hört nicht, was sie sagen. Er spricht. Auf einmal schlägt sie sich die Hände vor den Mund, wie um einen Schrei zu ersticken. Jetzt hüpft sie im Kreis herum, es ist herzzerreißend. Mit ihrem roten Mantel sieht sie aus wie ein tanzendes Streichholz. Man spürt, dass sie ihm eigentlich um den Hals fallen will, aber da kommt auch schon der Bus, und sie schütteln sich die Hand. Die Frau rafft beide Einkaufstüten an sich, steigt ein und dreht sich noch einmal zu ihm um. Ein hübsches Lächeln erhellt ihr erschöpftes Gesicht. Der Mann in Schwarz macht kehrt. Er lässt den leeren Einkaufswagen auf dem Parkplatz, geht ins Einkaufszentrum zurück und nimmt seinen Wachposten am Eingang der Auchan-Filiale wieder ein. Die Schultern gestrafft. Ebenfalls lächelnd.

Weiß

Sie überließ die anderen Patientinnen und Patienten ihren Kolleginnen. Sie verbrachte ihre Zeit in Zimmer elf. Aurélien erzählte. Von der Ironie der Dinge. Den Streichen, die einem das Leben spielt. Eher unlustigen Streichen. Kinderfotografie für *Vogue Bambini*, *MilK*, *KiDS*. Werbekampagnen für Tartine et Chocolat. Bonpoint. Petit Bateau. Bildschöne Kinder. Seine Frau hatte sich selbst welche gewünscht, aber er konnte keine zeugen. In seinem Büro hingen die Fotos Hunderter Wonneproppen. Aber keiner davon war ihrer gewesen. Keiner davon war je in dem Zimmerchen eingeschlummert, das seit der Hochzeit wartete. Oder hatte in der weißen Wiege geplappert, die Monat für Monat Staub fing. Irgendwann war seine Frau endlich schwanger geworden. Und er krank. Sie war zu ihrem Liebhaber gegangen. Er zu seinen Ärzten. »Hier liege ich nun, am Ende meines seltsamen Lebens«, schloss er. »Fünfzehn Zeilen in einem Buch.« Daraufhin erzählte sie ihm von Geoffroy. Dem Kind, das für immer in der Kindheit lebte. Das in einer Logik ohne Krieg und Angst zu Hause war. Sie erzählte vom Lärm, der in den ersten Jahren Geoffroys Kopf und seine Stille überfrachtet hatte. Vom Kind, das nicht laufen konnte, aber fliegen wollte. Sie gestand ihm Pierres Scheitern. Seine Flucht aus ihrem Alltag. Eine andere

Frau. Andere Arme. Traurige Orgasmen, stellte sie sich vor. Erektionsstörungen. Sie offenbarte ihre Erschöpfung. Ihr Glück als Mutter, ihre Einsamkeit als Frau. Manchmal entschuldigte Aurélien sich und schloss kurz die Augen, dann schwieg sie, schaute ihn an, genoss die schwindende Schönheit, das fliehende Grübchen. Ein ganzes Leben, das zerfaserte. Ein Mensch stirbt, und die Welt wird ärmer. Sie ballte die Faust. Hielt den Sand fest. Und nahm ihr Gespräch wieder auf, im Stillen. Dort, in ihrem Kopf, duzte sie ihn. Sie sagte ihm Dinge, die sie noch nie zu einem Mann gesagt hatte, nicht einmal zum Pierre der Anfänge, dem Pierre der Dringlichkeit und des Feuers. Wenn Aurélien die Augen wieder öffnete, war sein Blick so erschütternd tief wie zuvor, und er meinte: »Ich bin froh, dass Sie da sind, Louise.« An jenem Morgen fügte er hinzu: »Ich glaube, alles hat mich zu Ihnen geführt.« Da erhob Louise sich aus dem Sessel, stieg zu ihm ins Bett, schmiegte sich an ihn. Sie streichelte sein Gesicht. Seine zitternden Lippen. Ihre Finger wanderten über die Flur seines Oberkörpers, prüften die Zäune, die sein Herz gefangen hielten, ließen sich, sanft wie ein Windhauch, dort nieder und bebten im Takt. So schlummerten sie ein, in den Schlaf gewiegt vom gedämpften Piepen des EKGs. Verflochten. Verschlungen. Brigitte weckte Louise, als es Zeit war für die Körperpflege. Ganz behutsam, wie eine Mutter ihr Kind. Sagte: »Das kannst du nicht. Das darfst du nicht, Louise.« Und Louise antwortete, genau das sei Liebe. Was man nicht dürfe. Was die Ordnung der Welt ins Wanken bringe. »Aber …« »Aber was, Brigitte?« »Diese Geschichte hat keine Zukunft, das weißt du doch.« »Zukunft? Das Wort hat nichts mit Liebe zu tun. Seit frühester Kindheit bläut man uns ein, dass wahre Liebe ewig währt. Aber das ist völliger Blödsinn. Wahre Liebe währt vor allem täglich. Und selbst wenn ich nur vier Tage mit ihm bekomme, oder sogar nur zwei, bin ich eine ewige Frau.«

Rötlich

Es war noch kalt. Aurélien hatte eine Decke auf den Beinen, ein Tuch auf den Schultern, eine Mütze auf dem Kopf. »Wie ein altes Mütterchen«, bemerkte er lächelnd. Louise lenkte den Rollstuhl über den Parkplatz, sie verließen das Gelände des Krankenhauses, spazierten über die Gehwege und Alleen. Ein seltsames Gespann. Er, so jung, ließ sich im Rollstuhl herumbugsieren wie eine Wachspuppe, mehrere Infusionsschläuche im Arm. Und sie, wunderschön und ernst, glücklich, wirkte, als würde sie einen Schatz vor sich herschieben. Sie kamen zu einem kleinen Park am Schelde-Arm Totes Laub trieb träge auf dem Wasser. Die Bäume waren noch unbelaubt, doch ein paar Knospen lugten schon hervor. Die spitzen des Zuckerahorns, rötlich braun. Die zigarrenförmigen der Amerikanischen Buche. Die gelben der Bitternuss. Und die schuppenlosen des Erlenblättrigen Schneeballs. Aurélien hustete. Lachte. »Das hat mir alles mein Sohn beigebracht«, erklärte Louise. »Er liebt Bäume. Wenn er könnte, würde er in einem wohnen. Wie Calvinos Baron.« Aurélien erwiderte: »Es ist traurig, den ganzen Winter durchgestanden zu haben, aber den Frühling nicht mehr zu erreichen. Vor der Blüte zu sterben. Ich bin kurzlebig, Louise, es tut mir leid.« Da stellte Louise die Bremse des Rollstuhls fest. Sie umfasste seine

Wangen, beugte sich zu ihm und küsste ihn. Auréliens Lippen waren kühl. Seine Zunge lauwarm. Es fühlte sich an, als würde durch die Unbeholfenheit dieses ersten Kusses das Leben wieder aufblühen. Ein Winterausgang. Ein Wärmeeinbruch. Und sie küssten sich noch einmal. Noch einmal. Sie waren ausgehungert. Ihre Küsse wärmten sie. Ihre Küsse brachten sie zum Lachen. Dann meldete sich die vermaledeite Parästhesie in Auréliens Händen. Er fing an zu zittern. Die Erschöpfung stand ihm ins Gesicht geschrieben. Sie kehrten ins Thomazeau zurück. Hinter dem Rollstuhl, wo er sie nicht sah, weinte Louise.

Weißbeige

Zurück in Zimmer elf. Louise wusch ihn. Sein Körper war verlassen. Er kämpfte nicht mehr. Sie streichelte kurz seinen Penis, sagte: »Wie schön er ist, ich würde ihn gern in mir spüren«, Aurélien dankte ihr mit den Augen, und sie wusste, dass sie begonnen hatten, sich zu lieben. Dann deckte sie ihn mit dem hellblauen Krankenhauslaken zu. Um siebzehn Uhr dreißig brachte eine energiegeladene junge Praktikantin das Essen. »Na, Monsieur Cuvelier, wie geht es uns heute Abend? Sehen Sie mal, was der Chefkoch für Sie gezaubert hat: Kabeljaufilet (auf dem Plastikteller ein trockenes Häkchen, weißbeige), Pilaw (eine Art cremefarbener Komposthaufen), nur Leckerbissen. Das müssen Sie mir jetzt aber auch alles aufessen.« Doch Aurélien hatte keinen Appetit. Als die Praktikantin wieder verschwunden war, schaute er Louise an, und sie musste an den Blick des Wasserspaniels auf dem Tisch des Tierarztes denken. Deshalb stieß sie Rolltisch und Tablett weit weg und stieg erneut zu ihm ins Bett, schmiegte sich erneut an ihn. Sie küsste seinen Hals. Seine Wangen. Seinen Mund. Er hatte nicht die Kraft, ihre Küsse zu erwidern. »Wir können tun, was du willst, Aurélien. Wir können ans Meer fahren. Ich zeige dir den Ort oben auf den Klippen von Étretat, wo ich einmal wie eine Irre geschrien habe, weil mein Sohn mich nie ansieht. Die Touristen ringsum dachten, ich würde gleich springen. Oder willst du lieber in ein großes Hotelzimmer, weiß und frisch, auf einen Balkon mit Blick auf den Comer See, mit dem Duft nach Magnolien, Kamelien, Lorbeer? Fahren wir hin, sage ich. Fahren wir gleich los. Berühr mich, wenn du willst, berühr mich, ich sage Ja. Oder soll ich ihn in den Mund nehmen, mich für dich ausziehen, tanzen und singen? Ich sage Ja.« All diese stummen Beschwörungen schwirrten durch Louise' Kopf, während Aurélien einschlief, im Grau versank, niedergedrückt von der Masse der Medikamente. Vom Bedauern, verloren zu haben.

Sumpfgrün

Zuerst tauchte ihre Hand auf, wie in einem Zombiefilm. Sie schlug die Decke zurück, und ihr Gesicht war so bleich wie das einer Überlebenden. Ihre veronesergrünen Augen waren vom Weinen geschwollen. Sumpfgrün. Trüb. Ein ruderloses Mädchen. Es kam ihr vor, als könnte sie nie wieder lachen oder tanzen oder singen. Mitten in der Nacht stand Djamila auf. Im kleinen Spiegel der Toilette, die an ihr Zimmer angrenzte, betrachtete sie ihr Gesicht. Ihre Finger wanderten über die Landschaft ihres Kummers. Strichen über ihre langen Haare. »Weil deine Haare blau schimmern«, hatte der Junge geantwortet, als sie ihn gefragt hatte, warum er sie liebe. »Mit deiner Mähne wisch ich mir nach dem Ficken schön den Schwanz sauber«, hatte ihr einmal ein Vollidiot unten vor dem Haus nachgerufen, in der Rue des Colombes. Taubenstraße, am Arsch. Djamila war fünfzehn Jahre alt, und ihre Schönheit war ein Geschenk an die Welt. Das Geschenk der schönen Lahna, ihrer Mutter. Und jetzt wollten ihre Brüder es ihr wegnehmen. Sie in eine Dschilbab sperren. Sie bedecken, wie mit Schimpf und Schande. Das Wort *hidschab*, das wusste sie, kam vom arabischen *hadschaba*, das »vor dem Blick verbergen« bedeutete. Verstecken. Im weiteren Sinne Vorhang. Sichtschutz. Darüber hatten sie nach den Anschlägen von Carcassonne und Trèbes in der Schule gesprochen. Bakki und Lizul wollten einen Vorhang zwischen sie und die Männer ziehen. Zwischen sie und die Welt. Sie wegschließen. Zur Einsamkeit verdammen. Und anstatt sie ins Gefängnis zu werfen, warfen sie das Gefängnis über ihren Kopf. Beim ersten Schnitt machten die Klingen ein dumpfes Geräusch. Erstickt. Gefährlich. Fast ein Seufzen. Und die erste blau schimmernde Strähne fiel. Eine Rabenfeder. Sie wollten ihren Körper auslöschen. Was für ein Witz. Weil Männer Tiere sind, sperrt man Frauen ein. Da gab es doch ein Sprichwort, das so was erklärte, mit einem Esel und einem Sack. Die schwarzen Federn schwebten weiter zu Boden, fast wie in Zeitlupe. Djamila schnitt und schnitt. Wie man die Maschen eines Netzes durchtrennt, das einem die Luft abschnürt. Sie wollte hässlich aussehen. So hässlich, dass die Männer sich abwandten. Die Schweine. Am liebsten hätte sie geschrien. Aber Mädchen haben keine Wahl. So lautet das Gesetz. So ist es nun einmal. »O Asma, wenn eine Frau die Geschlechtsreife erlangt hat, dann sollte nichts von ihr zu sehen sein außer dem Gesicht und den Händen«, hatte der Prophet verfügt, als seine Schwägerin in einem *riqâq* an ihn herantrat – einem dünnen, leichten Gewand. Aufreizend. Aber Djamila war hier geboren. Sie lebte hier. Ihre Freundinnen schminkten sich, trugen Schmuck an den Fingern, an den Ohren, manchmal sogar an den Brustwarzen, sie küssten Jungen, tranken Monaco oder Gin Tonic, zogen im Frühjahr Hotpants an, boten ihre blassen Beine den ersten Sonnenstrahlen dar, im Pausenhof oder nach der Schule im Park, in den Cafés. Diese Mädchen lachten. Diese Mädchen träumten. Sie liebten das Leben. Aber Djamila sollte mit diesem Ding jetzt auf die andere Seite der Welt verbannt werden. Sie versuchte die Dschilbab anzulegen. Scheiße, was für ein Stoffwust! Zuerst das lange Kleid. Okay. Als Nächstes das ponchoartige Teil, das den Kopf bedeckte und bis zu den Knien reichte. So ein Aufriss … Es hieß, das Gewand dürfe nicht parfümiert werden, müsse weit und nicht anschmiegsam sein, solle keine Blicke auf sich ziehen. Von wegen! Ein Mädchen in einem Sack. Einem Müllsack. Da gucken doch erst recht alle. »Und weißt du«, hatte Bakki mit einem verschmitzten Lächeln hinzugefügt, »wenn dich damit noch wer auf der Straße beleidigt, ist es nicht mehr bloß eine Beleidigung. Sondern Rassismus.« Endlich hatte Djamila es geschafft, sich in ihr Gefängnis zu hüllen, und obwohl sie geglaubt hatte, schon alle Tränen vergossen zu haben, wurden ihre Augen wieder feucht, als sie an den Jungen dachte, an all die Puzzleteile von ihr, die er liebte, all die Farben, ihren Duft nach frisch geschnittenem Gras, alles, was soeben unter einer großen Plane verschwunden war, wie man tote, verstümmelte Körper abdeckt, die Leichen der Schande auf dem Schlachtfeld der Menschen.

Mahagoni

Sie verteidigte sich. Sie sagte zu Dr. Philippe, das gehöre zu den Geheimnissen des Lebens, vielleicht sogar der Seele – »Ach, ich bitte Sie, halten Sie die Seele da raus.« Sie ließ nicht locker. Erklärte, etwas anderes habe die Entscheidungen getroffen, eine höhere Instanz. »Unsere Beziehung ist etwas Schönes. Sie befleckt in keinster Weise unsere Arbeit hier im Fünften.« Er hob den Blick zum Himmel. »Da höre ich aber Gegenteiliges.« »Was Sie hören, ist Unverständnis. Angst. Er ist nur ein Mann, der stirbt, Herr Doktor. Ein Körper, der aufgibt. Nur die letzte Idiotin würde sich in einen Mann verlieben, der schon halb fort ist. Und trotzdem. Die Liebe, die ich für ihn empfinde, erfüllt mich, wie ich es nie für möglich gehalten hätte. Liebe ist immer die Aussicht auf ein Morgen, unsere ist aussichtslos. Sie lebt in der Unendlichkeit der Gegenwart. Ich lege mich in sein Bett, das stimmt, neben ihn. Ich schließe ihn in die Arme. Ich streichle ihn. Ich berühre ihn wie einen Mann, dem man Lust bereiten will. Ich wärme ihn. Und wenn mein Herz losgaloppiert, nimmt es seines mit. Dafür bedankt Aurélien sich bei mir. Wer kann sich eine Liebe vorstellen, die keine Versprechungen macht? Keine Zukunft erhofft?« Dr. Philippes Finger trommelten auf seinen Mahagonischreibtisch. Ein leises Maschinengewehr. »Es ist die vollkommene Liebe, weil sie vollkommen zwecklos ist. Deshalb bitte ich Sie, Herr Doktor, sie uns nicht zu nehmen. Mich hierzubehalten.« Der Arzt setzte seine dicke Brille ab. Reinigte langsam die Gläser. Seine kurzsichtigen Augen starrten in die Ferne. Dann sagte er: »Sie sind es, um die ich mich sorge, Louise. Nach einer solchen Erfahrung werden Sie womöglich nie wieder lieben können.«

Blau

In *E. T.*, dem Film, den sie dreiundzwanzigmal mit ihrem Sohn gesehen hat, sagt das Wesen, kurz bevor es wieder in seine fliegende Untertasse steigt, nur ein Wort zu Elliott: »Komm.« Und der kleine Junge antwortet: »Geh nicht.« Louise liegt in Auréliens Bett, ihren Körper eng um seinen geschlungen, und flüstert ihm ins Ohr: »Wenn du mich darum bittest, komme ich mit.«

Dsiran

Seit drei Tagen lebte Geoffroy mit Hagop Haytayan in der Hütte. Sie war um die dreißig Quadratmeter groß, die kleine, aufgeständerte Terrasse nicht mitgerechnet, die Hagop vor zwei Jahren an die Rückseite gebaut hatte, weil man dort durch die Eichen und Erlen den Sonnenuntergang beobachten konnte. Die letzten tanzenden Strahlen. Die von Geisterhand geschwenkten Fackeln. Die Baumkronen, die Feuer fingen. Und die dunklen Vögel, die im Gegenlicht über den Himmel flogen wie Ascheregen. Die Nacht kam schnell. Das Schwarz war schwer wie Samt. Und in der Stille rätselhafte Geräusche. Das geheime Leben. Der Regenwassertank und das Solarpanel auf dem Dach reichten für zwei kurze, lauwarme Duschen pro Tag und einen kleinen Abwasch. Die einzige Unannehmlichkeit war die fehlende Toilette, »aber der Wald ist groß«, sagte Hagop gern lachend, »und ich habe eine gute Schaufel.« Das Innere der Hütte bestand aus einem geräumigen Wohnraum und einem winzigen Schlafzimmer. Beinahe ein Schrank. Durch die Fenster des Wohnraums sah man ab und an Hirschkühe und Kitze. Manchmal kamen sie ganz nah, ohne dass Hagops stille Anwesenheit draußen auf der Treppe sie verscheuchte. Im Herbst hielt er ihnen Eicheln, Bucheckern, Kastanien hin, und gelegentlich fraß eine

Hirschkuh ihm sogar direkt aus der Hand. Jetzt im Frühling taten die Tiere sich an Rinde, Sträuchern und den jungen Trieben der Bäume gütlich. Im Ofen in der Mitte des Raums brannten die letzten Reste Birnbaum- und Weißbuchenholz. Knackend verströmten sie ihren Duft nach Kindheit und Tabak. An der Wand hingen ein paar gerahmte Fotos, sepiafarben, verschwommen, oft ausgebleicht. Darunter auch eine junge Frau in *taraz*. »Wer ist das?«, wollte Geoffroy wissen. »Antarame«, antwortete Hagop. »Meine Mutter. Auf dem Bild kannst du es nicht erkennen, aber ihre Tracht hatte die Farbe einer *dsiran*. Einer Goldaprikose. Angeblich die Farbe der Königsmäntel, die Farbe der Weisheit«, und Geoffroy versuchte sich diesen unsichtbaren Ton zwischen Kupfer und Gold vorzustellen. Er fand, dass Antarame in ihrer schönen Tracht ebenso erhaben wirkte wie Djamilas Mutter auf dem Foto, das Djamila ihnen an Neujahr gezeigt hatte. »Deine Mutter ist auch sehr schön«, erwiderte Hagop. Und lächelte. Erinnerte sich an die Stille, die stets eingetreten war, wenn seine Mutter einen *naz bar* improvisiert hatte – einen anmutigen Tanz. Geoffroy schwieg einen Moment, ehe er fragte: »Glaubst du, meine Mutter ist seit drei Tagen im Krankenhaus, weil sie die ganze Zeit weint?« Hagop nahm so vorsichtig seine Hand, als wäre sie aus Glas, und antwortete: »Die Tränen deiner Mutter sind Freudentränen.« Da fing der Körper des Jungen an, sich vor und zurück zu wiegen. Immer schneller. Er sagte Nein. Er schrie Nein. Brüllte: »Man weint Lipide, Schleim und Wasser, um die Hornhaut zu befeuchten, um sie vor Staub zu schützen. Man weint Wassertränen, wenn man Zwiebeln schneidet. Man weint keine Freude. Das ist unlogisch. Unlogisch! Unlogisch!« Hagop ließ die

Hand des Jungen los, und er flog durch das Zimmer, prallte gegen die Wände, warf ein paar Rahmen, ein paar Nippsachen herunter, bevor er, leer und erschöpft, zurück auf das grüne Perkalsofa stürzte. Als der Sturm schließlich vorübergezogen war, fragte er, wo Djamila sei, so wie man jemanden anfleht, einem den Ausgang zu zeigen, weil man sich verlaufen hat.

Neongelb

Wieder der Regierungsschlächter. Am 20. März verkündete er, dass die Opération Sentinelle, eine Militäreinheit zur Terrorabwehr, nun auch gegen die Gelbwesten eingesetzt werde. Gelbwesten, Terroristen – gleicher Kampf. Drei Tage später, am Samstag, den 23. März, in Nizza, weigerte sich eine Schwadron, sich an der Zerschlagung einer »als friedlich eingestuften Menge« zu beteiligen, woraufhin die Offensive nichtsdestotrotz von rasenden Kendokas durchgeführt wurde und der dreiundsiebzigjährigen Geneviève Legay schwere Verletzungen (gebrochene Rippen, Schädelfraktur, zwei Monate Krankenhaus) beibrachte. Frankreich verdrosch seine Omis, und der junge Präsident haute auf den Tisch. Die Omi hätte ja zu Hause bleiben können. Allerdings vergaß er dabei zu erwähnen, dass er am nächsten Tag mit dem chinesischen Staatspräsidenten Xi Jinping nur einen Steinwurf entfernt zu Abend essen wollte, in Beaulieu-sur-Mer, einer sehr vornehmen Gemeinde, nicht einmal acht Prozent Sozialwohnungen, erläuterte ein Journalist, durchschnittlich fünfzehntausend Euro pro Quadratmeter für ein hübsches Häuschen, und dass die Bilder einer »gelben Gefahr« für die Diplomatie vielleicht eher wenig förderlich seien. Im Rest von Frankreich verlief der Tag recht ruhig. Auf dem Kreisverkehr hatten sich um die zwanzig unbeugsame Gallier versammelt. Sie glaubten noch immer. Verteilten Flugblätter. Wunschtraumlisten. Aber keinen Alkohol oder Kuchen mehr. Selbst Élias, der Bäcker, brachte ihnen nicht länger seine erste Ofenladung vorbei. Tony war da, der deutlich kleinere Töne spuckte, weil er auf das Urteil im Fall der Molotowcocktails wartete und seine Lage nicht verschlimmern wollte. Dazu Julie, die schlagartig um ein paar Jahre gealtert schien und sich weiter um den Grill kümmerte – »irgendwer muss unsere Männer ja versorgen«, sagte sie gern, »die Etappe entscheidet den Krieg.« Nachdem sie Pierre in die Wüste geschickt hatte, war sie mit Jeannot zusammengekommen. Er war ein guter Kerl und machte etwas her in seiner nachtblauen Gefängniswärteruniform. Außerdem war er ein Tresenträumer, »fast ein Poet«, gurrte sie, der mit seinen Worten, seinen verwegenen Versen eine Frau zum Beben bringen, aber leider auch jederzeit zurück in die Arme des Alkohols sinken konnte. Deshalb passte sie auf wie ein Schießhund, die Julie. Sie hatte es satt, immer nur die Lückenbüßerin zu sein, für untreue Ehemänner, Weiberhelden und Loser. Sie hatte Krampfadern an den Beinen, die allmählich schmerzten. Morgens ein Brennen in den Gelenken. Knotige Finger. Graue Haare. Ab und zu Blähungen. Jeannot störte sich nicht an ihrem welkenden Körper, den Hängepartien an Hals und Armen, der Traurigkeit unter den Augen. Deshalb hatte sie beschlossen, ihn zu behalten. Man merkt, wer der Letzte ist. Der, für den man sesshaft wird. Außer ihnen waren noch ein paar andere auf dem Kreisverkehr. Vor allem junge Leute. Immer gleich dabei, Barrikaden zu bauen. Reifen anzuzünden. Geschosse zu werfen. Aber eine leckere Merguez und ein, zwei Dosen Billigbier, und sie wurden wieder lammfromm. Dann saßen alle im Kreis im Gras und suchten nach Handlungsmöglichkeiten. Nach dem Weg in eine bessere Welt. »Drecksbullen gegen dickes Fell.« »Die haben Panzer, wir Ideen.« Und an jenem Samstag sprach Jeannot über seine Idee. »Alles hat mit den Kraftstoffsteuern angefangen – das sind über sechzig Prozent pro Liter, Leute – und mit Tempo achtzig auf der Landstraße. Deswegen sollten wir auch unsere Autos benutzen, um ihnen auf den Sack zu gehen. In Frankreich gibt es dreiunddreißig Millionen Autos. Wenn jeder Fahrer seine Versicherungsmarke von der Windschutzscheibe pflückt und sein Nummernschild gelb ansprüht, also richtig schön neongelb, kapiert, dann ist Schluss mit den Blitzern, Schluss mit den Knöllchen, mit den Parkuhren, oder glaubt ihr, die Bullen machen Verfolgungsjagd auf dreiunddreißig Millionen Karren? Keine Chance. Denen geht's doch nur ums Geld. Die Blitzer spülen denen jedes Jahr 'ne Milliarde in die Kassen. Die dreitausend Verkehrstoten sind ihnen scheißegal. Ich sag's euch: kein Kennzeichen, keine Knete. Und plötzlich haben wir ihre volle Aufmerksamkeit. Meine Meinung.« Sie stießen auf Jeannots Plan an. »Der Hammer, Jeannot.« »Echt stark, Mann.« »Noch krasser als Mélenchon.« »Ich bin stolz auf dich«, signalisierte Julie ihm stumm. Danach ergriff ein Jungspund das Wort. »Tolle Idee, aber wir sind in Frankreich. Da muss man sich keine Illusionen machen. Hier sind alle viel zu sehr Einzelkämpfer. Sie reißen die Klappe auf, wollen aber keinen Trouble. Hauptsache, niemand muss auf seinen Komfort verzichten. Seine kleinen Vergünstigungen. Wir haben nicht mehr 1789. Wir sind nicht mehr ein Volk, sondern fünfundsechzig Millionen Völker.« Langes Schweigen. Anschließend das Zischen von Dosen, die geöffnet wurden. Der Klang der Niederlage.

Weiß

Louise hatte an jenem Morgen Lust auf Musik, und sie wählte das *Stabat Mater* von Vivaldi. Sie war jedes Mal aufs Neue überwältigt vom Schmerz Marias unter dem Kreuz – dem Schmerz aller Frauen, die irgendwann verlieren, wen sie lieben. Trotz des ernsten Themas fand sie die Musik eher schön als melancholisch, und diese Schönheit wollte sie mit Aurélien teilen. Diesen Höhenflug. Und den Fall. Das Getöse. Und schließlich die Hoffnung. Sie saß im Sessel neben seinem Bett, wo er vor sich hindämmerte, trotz der erhöhten Dosis Kortison, dessen psychostimulierende, euphorisierende, manchmal sogar appetitanregende Wirkung eigentlich seine Vigilanz steigern sollte. Aber die Dunkelheit siegte. Der Körper ließ los. Gab sich geschlagen. Zum Glück hatte er keine Schmerzen. In den lichten Momenten erzählte er ihr noch ein wenig mehr von sich. Vom Bruder, den er seit dreißig Jahren nicht gesehen hatte. Ein Kleine-Jungen-Streit. Falscher Stolz. Die Jahre, die vergehen. Die Konflikte aufblähen. Man lernt, ohneeinander zu leben. Und wider Erwarten überlebt man, verschmerzt auch diese Wunde. »Ich weiß nicht einmal, wo er wohnt, ob er verheiratet, ob er glücklich ist«, meinte Aurélien. »Soll ich ihn für Sie suchen?« Er lächelte. »Das ist sehr freundlich. Aber dafür haben wir keine Zeit mehr, mein

Bruder und ich.« »Und Ihre Eltern?« »Mein Vater ist gestorben, als ich fünf war, und meine Mutter ist im Altersheim. Eine Einrichtung namens Les Lys du Hainaut.« Er lächelte erneut. Ernüchtert. »Amüsant, finden Sie nicht? Eine weiße Lilie, die für Unschuld und Reinheit steht, als Namensgeberin für einen Ort, an dem die Alten wieder zu Kindern werden, weil sie sich an nichts mehr erinnern. Niemand wird kommen. Man stirbt immer allein.« Er fing an zu husten. Entschuldigte sich. Sie half ihm beim Trinken, das Wasser lief ihm übers Kinn, und dieser Anblick bestürzte sie. Der Tod besaß keinen Funken Eleganz. Dann fuhr Aurélien fort: »Es ist schon seltsam, mittendrin zu sterben. Mitten in einem Buch, dessen Ende ich nicht mehr erfahren werde. Mitten in einer Fernsehserie. Mitten in einem Leben.« »Welches Buch lesen Sie gerade?« »*Treibsand* von Mankell.« »Das hat kein richtiges Ende, Aurélien. Der Krebs gewinnt. Mankell stirbt. Mit der Angst, dass der in Schweden vergrabene Atommüll eine Tragödie für die Zukunft ist. Er stirbt und sorgt sich dabei um die anderen. Er bangt um die Welt, die ihn überlebt. Er fragt sich, auf welche Art und Weise man die künftigen Generationen warnen soll. Die Antwort findet er nicht mehr. So endet das Buch.« Bitterkeit trübte Auréliens Blick. Da legte sich Louise neben ihn, und er flüsterte: »Heute Nacht ist es so weit.«

Rosa

Pierre stand hinter den Kassen, wie jeden Tag, seit seine Aufstockung auf Vollzeit genehmigt worden war. Er war glücklich. Jetzt würde er endlich dieses Drecksloch von Hotel verlassen können, in dem die Hälfte der Zimmer von Nutten belegt war. Tagtäglich nach Büroschluss ging es los mit der Pimmelparade. Dem Lustgeschrei, das nach Fake klang. Dem Speichelaustausch auf der Türschwelle. »Kommst du bald wieder, Süßer?« Die Kippen. Der Krach. Der hirnverbrannte Hip-Hop. Er konnte nicht mehr. Er würde sich eine kleine Wohnung mieten. Einen Neuanfang wagen. Die Dunkelheit in sich endgültig ausmerzen. Die Wut zum Schweigen bringen. Und wieder ein besonnener Kerl werden. Ausgeglichen. Eines Tages an Louise' Tür klingeln. Mit ihr und Geoffroy an irgendeinen Strand fahren. Als Familie. Er hatte eine Werbung an einem Bus gesehen. Eine Woche Griechenland all inclusive. Fünfhundert Öcken pro Person. Na dann, an die Arbeit, Pierre. Er hielt sich kerzengerade. Mit verschlossener Miene, wie man ihm empfohlen hatte. Ja, sogar leicht bedrohlich. Alles, was nötig war. Er ließ die Kassen nicht aus den Augen. Plötzlich trat eine Frau um die vierzig an ihn heran. Ängstlich. Mit einem kurzen, schüchternen Lächeln. Sie beugte sich vor und flüsterte: »Alice schickt mich. Äh, Madame Suarez.«

Pierre lächelte zurück, wie ein mustergültiger Angestellter, der einer Kundin eine Auskunft gibt. Und murmelte seinerseits: »Gang vier, die gesamten Wurstwaren. Die Kamera ist kaputt. Und später Kasse acht.« Die Frau entfernte sich mit ihrem Einkaufswagen. Pierres Herz schlug ein wenig schneller. Robin Hood. Jep, Robin Hood. Beim anschließenden Bezahlen an Kasse acht lief alles glatt. Die Frau wirkte nur, als hätte sie ein bisschen zugenommen. Als sie noch einmal an Pierre vorbeikam, sagte sie mit rosa Wangen: »Ich habe jede Menge Schinken. Den lieben die Kinder. Danke.« Und der Mann in Schwarz mit der einschüchternden Armbinde fand sein Lächeln wieder, das Lächeln eines glücklichen Mannes. Während er sich nach Feierabend umzog, rief sein Anwalt an. Das Gericht habe sich gemeldet. Ein Urteil sei gefallen. Tony bekomme drei Monate auf Bewährung. Pierre ein Jahr auf Bewährung. Er hatte das Gefühl zu ersticken. Der Anwalt beruhigte ihn sofort. »Darf ich Sie daran erinnern, dass die Staatsanwaltschaft zwei Jahre Gefängnis gefordert hat, davon nur eins auf Bewährung? Sie können sich glücklich schätzen. Wirklich. Ein letzter Rat noch: Hören Sie auf mit diesem Gelbwestenquatsch. Den Brandsätzen. Straßensperren. Dann wird alles gut. Im Moment sind die hohen Herren und Damen nervös. Sie sollen Exempel statuieren. Um den Pöbel zu beschwichtigen. Ihm ein paar Randmeldungen zu liefern. Also Kopf hoch, Pierre. Feiern Sie, denn das ist ein verdammter Sieg.« Daraufhin rief Pierre Tony an, mit dem er kein einziges Wort mehr gewechselt hatte, seit der so ein Kameradenschwein gewesen war. Ein dreckiger Denunziant. Ein Kollaborateur. Es klingelte lange, und als Pierre schon auflegen wollte, Tonys Stimme. Wie aus weiter Ferne. »Pierre?« Stille. Eine stumme Annäherung. Ein Waffenbruder kann schließlich kein komplettes Arschloch sein. Sie hatten zu viel miteinander durchgemacht. Dasselbe Gas eingeatmet. Dieselben Schläge eingesteckt. Und manchmal von denselben Mädchen geträumt. Sie trafen sich in ihrer Spelunke an der belgischen Grenze. Fielen sich in die Arme. »Den Wichsern haben wir's gezeigt!« »Aber so was von.« »Bewährung, Mann, noch mal Schwein gehabt. Wobei, wenn wir ohne gekriegt hätten, hätte es ordentlich Krawall gegeben. Die Jungs hätten die ganze Stadt niedergebrannt.« Sie stießen an. »Du bist ein Idiot, Tony.« »Selber, Pierre.« Fertig. Die Fraternität der Verschrammten. Sie tranken das ein oder andere Bier. »Stell dir mal vor, die Bullen hätten rausgefunden, dass es dein Sohn war.« »Hör bloß auf. Dann säßen wir jetzt im Knast.« »Vielleicht wäre Jeannot unser Wärter.« »Vielleicht.« Und sie fingen an zu lachen wie die Irren, weil das Lachen eine Welle ist, die alle Scham und alle Angst fortschwemmt.

Veronesergrün

Dann ging Djamila nach draußen. Blauer Himmel, kalter Wind. Die ersten unbeholfenen Schritte. Gestörtes Gleichgewicht. Wie eine unangenehme Trunkenheit. Ein tanzender Bär. Ein Mädchen in einem grauen Sack. Formlos. Deformiert. Nichts blieb von ihrem Rehkörper. Ihren langen Beinen. Ihren schlanken Armen, die den Jungen an ihre Brust gezogen hatten. An ihr wild klopfendes Herz. Die Dschilbab löschte alles aus. Jetzt gehörte sie zur Herde. Glich allen anderen. Lebte im Gefängnis der Männer. Sie wanderte ziellos durch die Siedlung, durch die Straßen mit den Vogelnamen. »Wie Beschimpfungen«, hatte Bakki gesagt. Beschimpfungen. Sie betrachtete ihren Schatten auf dem Gehweg. Ein Schleier. Eine Wolke. Nie wieder ein Mädchen. Sie verschwand aus der Welt. Sie begegnete anderen Frauen wie sich. Sie sah ihre resignierten Gesichter. Ihre erloschenen Blicke. Die Blässe. Sie sah ein ganzes Leben, das nicht zu ihr passte, ein perfektes Verbrechen, und ihre Tränen verwässerten die schönste Augenfarbe der Welt laut ihrem Geoffroy. »Wein doch nicht, Djamila. Trockne deine Tränen. Und hör zu. Lausch der Stille. Dem Frieden. *Salam*, meine Schwester. Keine Pfiffe mehr von den Jungs. Keine vulgären, verdorbenen Worte mehr. *Mubtadhil. Khanez.* Die verletzen und beschmutzen. Dieses Gefängnis macht dich zu einer freien Frau. Glaub mir, kleine Schwester.« »Besser Kränkungen als Knast, Bakki. Bring du deinen Brüdern lieber bei, Frauen zu respektieren.«

Gold

Aurélien dämmerte weiter vor sich hin. Manchmal war er verwirrt, und Louise ahnte, dass ihm nur noch wenige Stunden blieben. Sie hatten ein zweites Mal die neun Sätze des *Stabat Mater* gehört, weil auch Aurélien von Andreas Scholls Stimme ergriffen gewesen war – vielleicht sogar mehr als von der Musik selbst. Er hatte sie eine tanzende Seele genannt. Eine festliche Traurigkeit. »Sie macht den Schmerz menschlich und die Mütter unvergesslich.« Das müsse wohl das schlimmste Leid für eine Mutter sein, hatte er hinzugefügt. Ihren Sohn sterben zu sehen. »Bitten Sie sie für mich um Verzeihung, Louise? Versprechen Sie es mir?« Louise hatte ganz sanft gelächelt und geantwortet: »Ich glaube, Gott hat das Gedächtnis Ihrer Mutter gelöscht, damit sie nicht leidet, wenn Sie gehen«, und Aurélien hatte nur geflüstert: »Ich liebe Sie.« Später hatte sie ihn erneut gewaschen. Versucht ihn zu füttern, aber er hatte keinen Appetit mehr. Morphium und Skopolamin rieselten durch seine Adern. Vergiftete rote Bächlein. In der Stille hatten sie über Liebe gesprochen. Sie waren auf weißsandige Strände zugetrieben. Wilden, staubigen Straßen gefolgt. Nächtlichen Straßen. Sie erlebten grauende Morgen und goldene Sonnenaufgänge. Sie schauten lachenden Kindern mit angespitzten Bambusstöcken beim Fischen zu.

Müttern, die hinter ihren davonfliegenden Kopftüchern herrannten. Stolzen Vätern, die zu Füßen ihrer Söhne starben, einen imaginären Pfeil im Herzen. Sie flogen durch Nebel. Glitten über Seen. Sie bekamen Kinder. Wohnten in einem Haus. Wälzten sich im Gras eines Gartens. Dann verschwand die Sonne, und der Mond erhellte die Nacht. Louise liegt an Aurélien geschmiegt. Er knurrt. Plötzlich werden seine Hände unruhig. Versuchen das Baumwollhemd fortzureißen. Viele wollen nackt sterben. Das hat Louise in all den Jahren beobachtet. Sie zittern. Sie verlassen die Welt, wie sie sie betreten haben. Zerbrechlich. Hüllenlos. Nachdem Louise Aurélien geholfen hat, zieht sie sich selbst aus. Ihre Körper berühren sich. Ihre Körper werden eins. Sein Atem geht jetzt unregelmäßig. Er sagt: »Ich will kommen.« Er sagt: »Ich will gehen.« Sie weiß, dass er betet. Also küsst sie den Hals, die Wange, die trockenen Lippen des Mannes, den sie liebt. Ihre Finger wandern über seine Brust, seinen Bauch, greifen nach seinem Penis, streicheln ihn. Er schwillt in ihrer Hand an, ohne ganz hart zu werden. Aurélien lacht. Weint. Seine Tränen laufen ihm in den Mund. Ersticken ihn. Louise' Finger werden schneller. Nun weint auch sie. Weint vor Kummer. Weint vor Freude. Auréliens Glieder spannen sich an, als er kommt. Es ist ein müder Orgasmus. Das Stöhnen eines Besiegten. Danach sackt er zusammen. Schwer und reglos wie ein Stein. Louise' Hand umfasst lauwarme Flüssigkeit, die ihr beim Trocknen die Finger zusammenklebt. Es ist vorbei. Auréliens schönes Gesicht ist in einem letzten Lächeln erstarrt. Fast einer Grimasse. Das Salz seiner Tränen hat unbekannte Buchstaben um seine Augen geschrieben. Unleserliche Worte. Louise' Atem beruhigt sich. Ihr Herzschlag wird langsamer. Sie hat sich keinen Millimeter bewegt. Ist immer noch mit ihm verbunden. Verschmolzen. Später nimmt sie sein Bein und schiebt es zwischen ihre. Nimmt seinen Arm und legt ihn auf ihren Oberkörper. Seine Hand auf ihre Schulter. Seine andere Hand auf ihre Wange. Sie sperrt sich in ihm ein. Zieht ihn um sich wie ein Netz. Sie will, dass er sie weiter an sich presst. Sie erdrückt. So bleibt sie liegen, reglos, von ihm verschnürt. Es ist ein Abschied, der kein Ende findet. Sie spricht mit ihm. Sehr lange. Nie gehörte Worte. Nicht erlaubte Worte. Schönheiten. Doch irgendwann wird ihm kalt. Deshalb löst sie sich langsam von ihm. Fließt aus ihm heraus. Es ist eine Geburt. Dann bedeckt sie den bleichen Körper mit einem Laken, das so leicht ist wie ein Schatten. Hebt ihren blauen Kittel, ihre weißen Schlappen vom Boden auf. Schleicht auf nackten Sohlen über den kühlen Boden des Zimmers, als wollte sie ihn nicht wecken. Das beinahe unhörbare Geräusch der Tür, die hinter ihr ins Schloss fällt, ist der Schlusspunkt hinter einem Satz. Auf dem Flur zieht sie sich schwankend an, und als sie am Stationsstützpunkt vorbeikommt, stößt sie hervor: »Es ist vorüber. Ich überlasse ihn euch.« Ihre Haare sind zerzaust. Ihr Blick ist leer. Sie fährt nach unten. Draußen geht die Nacht zu Ende. Vor dem Eingang des Krankenhauses stehen schon die Patientinnen und Patienten mit ihren Infusionsständern und rauchen. Auch ein Arzt. Sie kennt ihn nicht. Sie überquert den Parkplatz. Erreicht den Gehweg. Steuert auf die Lichter weiter hinten zu. Auf die Geräusche. Sie wirkt verloren. Der Kummer ist eine Schlange, die die Spuren unserer Schritte verwischt. Louise betritt das erste geöffnete Café. Es riecht nach äthiopischem Mokka und Desinfektionsmittel. Sie setzt sich an die Theke. Ein Mann im zerknitterten Anzug trinkt ein Bier und liest eine Sportzeitung vom Vortag. Ihre Blicke kreuzen sich. Beide abgekämpft. Er entschuldigt sich fast für sein Getränk. »Ein Schlummertrunk. Ich komme gerade von der Nachtschicht.« Sie wendet sich ab, aus Angst vor dem Klang ihrer eigenen Stimme. Vor einem Verrat. Sie vergräbt die Hände in den Taschen ihres Kittels. »Kaffee?«, fragt der Wirt. Sie nickt. »Ein Kaffee für die Dame!«, ruft er freudig, obwohl es keine Freude, kein Leben, nichts mehr gibt. »Schwierige Nacht im Krankenhaus?«, wagt er sich vor. Sie senkt den Kopf. Seinem Blick ausweichen. Nicht antworten. Er zuckt sacht die Schultern. Verständnisvoll. Murmelt: »Tut mir leid.« Er ist ein netter Kerl. Er mag seine Gäste. Interessiert sich für sie. Um sechs Uhr früh will man nicht einfach nur irgendwo was trinken. Man will sich festhalten. Sich verlieren. Manchmal sogar verschwinden. Die Lebenden kommen später. Bei Tageslicht und Trubel. Die Morgendämmerung ist für die geprügelten Hunde reserviert. Die verletzten Körper. Die verirrten Seelen. Louise verbrennt sich die Lippen am Kaffee. Sie mag diesen kurzen Schmerz. Der Mokka schwemmt den Geschmack von Auréliens Haut fort. Der Wirt bietet ihr einen zweiten an, und als der Fahrer der Bäckerei ein paar Minuten später eine riesige Tüte aus dickem Papier anliefert, gefüllt mit Baguettes, Feingebäck, Leckereien, holt er ein noch warmes, knuspriges Buttercroissant heraus. Legt es auf einen Teller. Stellt den Teller vor sie. »Geht aufs Haus«, sagt er. »Ich kenne diesen Blick.« Da bricht Louise in Tränen aus, weil manche Menschen einen, ohne es zu wissen, davon abhalten, sich vor einen Bus zu werfen. Dann verlässt sie das Café, während andere gerade ankommen. Büroangestellte. Taxifahrer. Studierende. Sie kehrt zum Thomazeau zurück. Zu ihrem Auto auf dem Parkplatz. Fährt nach Hause. Zu ihrem Häuschen mit den Blumenvorhängen. Die Sonne ist noch nicht ganz aufgegangen. Das Licht der Straßenlaternen zeichnet Schattenarme. Bedrohungen. Beim Aussteigen bemerkt Louise eine graue Gestalt vor der Tür. Auf der Treppe. Sie nähert sich vorsichtig. Die Gestalt regt sich. Es ist Djamila. Sie steckt in einem seltsamen kieselgrauen Gewand. Nur der Kopf schaut heraus. Ihre schöne, blau schimmernde schwarze Mähne ist einem Kurzhaarschnitt gewichen. Grob. Hässlich. Sie weint. Die beiden fallen einander in die Arme, und Louise flüstert zitternd: »Was ist nur mit uns passiert?«

Gelb

»Wir müssen Nobel Sport in die Luft jagen«, sagte einer von den Jungen. »Die sitzen in Pont-de-Buis-lès-Quimerch.« »Das klingt ja selten dämlich. Wie man die wohl nennt? Hallo, ich bin Pont-de-Buis-lès-Quimercher. Und ich Pont-de-Buis-lès-Quimercherin, haha.« »Da stellen sie die Tränengasgranaten her, die uns die Bullen pausenlos um die Ohren hauen«, erklärte ein Schlaks. »Dann gehen die bestimmt fast von allein hoch«, meinte ein anderer. »Es gibt bloß ein Problem: Die Fabrik wird von zweihundert Polizeileuten und einem Heli bewacht.« »Hmpf, irgendwann werden sie schon nachlässig.« Am Samstag, den 30. März, wurde auf dem Kreisverkehr heiß diskutiert. Mit den Handys verfolgten sie die neuesten Meldungen. Es sah ziemlich mau aus. Die Polizei kontrollierte überall. Allein in Paris zwölftausendmal. »Krass, oder? Alles ist gesperrt. Die Bullen knüppeln beim kleinsten Anlass los.« »Und passt mal auf«, warf der Schlaks ein, »nicht mehr lange, und Party-Castaner gibt den Schießbefehl.« »Der gehört aufgeknüpft!«, rief Jean-Mi in einer Rauchwolke. Der junge Präsident sagte, er verstehe die Wut, aber davon wurde die Wut nicht weniger. Siebenhundertneunundachtzig Mann sollten bei den Baumärkten Castorama und Brico-Dépôt auf die Straße gesetzt werden. Elf Filialen standen kurz vor der Schließung. Die Ticketpreise für die Regionalbahn waren gerade saftig angestiegen. »Alles Abzocke«, bemerkte einer resigniert. »Die Verarsche geht weiter.« Am späten Vormittag kamen Tony und Pierre im Kangoo angefahren. Sie hielten mitten im Kreisel. Als sie ausstiegen, applaudierten alle. Sogar Julie. »Die haben vielleicht Eier, die zwei.« »Das sind echte Kämpfer.« »Ein Jahr auf Bewährung, Alter. Respekt!« Pierre öffnete den Kofferraum und verteilte die abgelaufenen Lebensmittel, die bei Auchan weggeschmissen worden waren. Zusammen mit Tony hatte er in aller Herrgottsfrühe die Tonnen geplündert, bevor die Müllabfuhr sie leerte. Alles gerettet, was noch zu retten war. Wurst. Joghurt. Fleisch. Kuchen. Käse. Obst. Viele Leute waren gekommen. Kriege hungern aus. Höhlen die Blicke. Auf der Fahrt hatte Tony Pierre gefragt: »Was hat dich denn geritten? Du bist ja inzwischen fast ein Heiliger.« Und Pierre hatte mit ernster Miene geantwortet: »Eine Frau, die Hunger hatte, deren Kinder Hunger hatten, deren Mann Hunger hatte und die Nagellack geklaut hat. Hunger und Scham dürfen dir nicht auch noch deine Würde rauben. Das Essen, das wir gerettet haben, Tony, ist mein Nagellack.«

Grüntöne

Hagop Haytayan erzählt, dass Louise ihn angerufen habe. Er war in der Küche seines Hofs, als das Telefon klingelte, einem riesigen Zimmer mit einem Kamin, in dem man laut seinem Vater Katchayr, dem eigenhändigen Erbauer, ein ausgewachsenes, siebenhundert Kilo schweres Rind braten könnte, und genoss seinen *haykakan sourdj*, den armenischen Mokka, den er gern stark trank, zäh wie der Lehm der Ararat-Ebene. Die Sonne war eben aufgegangen. Louise' Stimme klang belegt. Sie berichtete von Djamila. Ihren Haaren. Ein Massaker. »Ich habe sie nicht sofort verstanden«, fährt Hagop fort. »Sie atmete schwer. Sagte, dass sie sie zwängen, eine Dschilbab zu tragen. Dass sie sterben wolle. Dass ihr Leben gelaufen sei. ›Beruhigen Sie sich, Louise.‹ Sie antwortete: ›Ich kann nicht ruhig sein. Niemand kann gerade ruhig sein.‹ Stille. Tränen. Dann murmelte sie: ›Er ist heute Nacht fortgegangen. Ich habe ihn verloren.‹ Den Mann, den sie im Krankenhaus kennengelernt hatte. Sie hatte ihn erwähnt, bevor sie mich fragte, ob Geoffroy ein paar Tage in der Hütte bleiben könne. Bis zu jenem Abschied eben. Ein letztes Band. Eine recht eigentümliche Liebesgeschichte, oder nicht? Ich fand sie erst tragisch, aber die Honigstimme meiner Mutter flüsterte mir ins Ohr, dass sie sogar noch schöner sei als die Liebesgeschichte von Astlik und dem kühnen Feuergott Vahagn, die man früher im Kleinen Kaukasus verehrt hat. Die Geschichte der Liebe selbst. Viel größer, als unsere menschlichen Hüllen fassen können. Louise wollte, dass ich ihren Sohn nach Hause fahre. Dass ich auf dem Weg versuche, mit ihm zu reden. Ich stellte sofort meinen Kaffee weg, zog meine Stiefel an und lief zur Hütte. Draußen roch es leicht modrig. Der Ofen war noch warm, und der Junge schlief. Ich ließ ihn weiter träumen, während ich ihm seinen heißen Kakao kochte.« Hagop lacht. Erläutert, dass der Junge ihm sehr genaue Anweisungen gegeben habe. Erst die Milch. Danach der Rohrzucker. Zum Schluss der Kakao. »In dieser Reihenfolge, Hagop, das ist sehr wichtig.« »Anschließend habe ich ihn sanft geweckt. Er hatte keine Angst. Er lächelte. Dieses Lächeln gab mir Kraft. Die Kraft eines großen Bruders. Die Kraft eines Baumes. Doch kaum hatte ich mich zu ihm aufs Bett gesetzt und ihm den heißen Kakao gereicht – ›zubereitet nach deinem Rezept, Geoffroy‹ –, verließ die Kraft mich wieder. Tränen stiegen mir in die Augen. Tränen. Und ich, Hagop Haytayan, Sohn von Katchayr und Antarame, Erbe eines unablässig niedergemetzelten Volks, Ende des neunzehnten Jahrhunderts vom Großen Schlächter Abdulhamid II. und später auf Befehl der türkischen Verräter Enver Pascha, dem Hund, Talât Pascha, dem Aas, und Cemal Pascha, dem grausamen Jäger, Schande über ihre Mütter, Schande über ihre Söhne bis zur allerletzten Generation, ich, der ich noch nie Tränen vergossen habe im Gedenken an die Leiden meiner enthaupteten Väter, fing vor dem Jungen an zu weinen, als ich ihm erzählte, dass Djamila Scherereien habe. Dass sie ihn brauche. Dass die Welt aus den Fugen gerate und es nun vorbei sei mit unserer Kindheit. Geoffroy erwiderte nichts. Er trank seinen Kakao. Als er damit fertig war, fragte er nur Warum. ›Warum was, Geoffroy?‹ ›Warum hat man Scherereien?‹ Das war eine schwierige Frage, vor allem von einem kleinen Logikkönig. Glauben Sie mir … Einmal, als auch Djamila dabei war, hat er mich zum Thema Rassismus befragt, weil ein Junge aus der Schule seine Freundin als – ich entschuldige mich schon im Vorhinein für diese grässlichen Worte – ›dreckige Kanakenbraut‹ und ›schwanzgeile Araberschlampe‹ beschimpft hatte. Ich erklärte ihm, das sei eine fanatische Lehre, die eine Hierarchie der sogenannten ›Rassen‹ predige und in deren Namen Leute sich das Recht anmaßen würden, andere zu erniedrigen, zu schlagen oder sogar zu töten, weil sie sie wegen der Farbe ihrer Haut als minderwertig ansähen. Wegen ihrer Religion. Ihres Geschlechts. Ihrer Herkunft. ›So wie Djamila?‹ ›Ja, Geoffroy, so wie deine Freundin. So wie das Volk, zu dem ich gehöre und das die Schurken noch immer verwüsten. So wie Jungen wie dich.‹ Da machte Geoffroy diese Sache mit den Augenbrauen (Hagop runzelt die seinen) und schwieg lange, ehe er meinte: ›Die Exaktheit der Mathematik erklärt alles. Und das ist beruhigend, weil sie unwiderlegbar ist.‹ Anschließend warf er Djamila einen Blick aus den Augenwinkeln zu und ergänzte: ›Aber seit ich dich kenne, glaube ich, dass es auch eine poetische Wahrheit gibt. Und die jagt mir Angst ein, weil sie im Herzen sitzt. Nicht im Gehirn, der Rechenmaschine. Und wenn diese Wahrheit existiert, müssen wir uns alle vereinigen. So würden wir das Weiß, das Schwarz, das Rot, das Gelb vermischen, bis nur noch eine einzige Farbe übrig bleibt. Die Farbe der Menschen. Und sich selbst gegenüber kann man nicht rassistisch sein.‹ Djamila klatschte in die Hände. ›Genau das ist Poesie, Geoffroy! Alles, was die Welt schöner macht. Selbst wenn es unlogisch ist.‹ ›Auch die Unlogik ist eine Form der Logik‹, bemerkte der Junge verschmitzt. Deshalb«, schließt Hagop nach diesem langen Exkurs, »habe ich ihm geantwortet, Scherereien entstünden, wenn die Menschen ihren Sinn für Poesie verlören. Taub für das Flüstern des Herzens würden. Der Junge zog sich an, und wir brachen auf. Im Auto wurde er unruhig. Er fing an, die Stirn gegen die Scheibe zu schlagen. Immer fester.«

Commanchenrot

Es war schon ein seltsames Auto. Manche Leute drehten die Köpfe, wenn es vorbeifuhr. Wahrscheinlich erinnerte es sie an eine gewisse französische Verwegenheit zu einer Zeit, als in der Industrie relative Zurückhaltung geboten gewesen war, »was der Bauer nicht kennt, fährt er nicht«, und selbst wenn die Markteinführung am Ende ein Fehlschlag gewesen war, hatte es sich berauschend angefühlt, es gewagt zu haben. Hagop Haytayan stieg aus seinem commanchenroten (mit zwei *m* – warum auch immer) Matra-Simca Rancho. Er war verbeult. Verrostet. Aber er hielt sich wacker. Unser Hagop hatte etwas von einem Bergbauern mit seinem Hornschlitten. Er öffnete die Beifahrertür. Geoffroy rührte sich nicht. Seine Stirn blutete. Hagop löste den Sicherheitsgurt, »ich nehme jetzt deine Hand, Geoffroy, wenn du einverstanden bist, und helfe dir beim Aussteigen«. Der Junge knurrte. Er hatte Angst. Aber er wusste nicht, dass es Angst war. Er verstand gar nichts mehr. Das Wort Schererei. Das Wort Poesie. Schererei, als die Jungen ihn auf der Straße verprügelt hatten. Gezwungen, diesen Pornofilm anzuschauen. Poesie, wenn Djamila nach frisch geschnittenem Gras duftete. Wenn er ihr Insekt war. Wenn ihre Wangen sich röteten. Wenn sein Herz pochte. Wenn sie seine Haut berührte und er nicht mehr wusste, ob ihm kalt oder heiß war. Er war verwirrt. Die Dinge in seinem Gehirn waren durcheinandergeraten. Es war unerträglich laut. Hammerschläge. Bohrmaschinen. Grillen. Eulen. Er geriet ins Straucheln. Der Boden war weich. Der Asphalt unter ihm schmolz. Man konnte keine Schrittlänge messen, wenn der eine Fuß einsank, während der andere sich vorwärtsbewegte. Es gab zu viele Winkel zu beachten. Zu viele Berechnungen wären anzustellen. Geoffroy fiel zurück auf den Sitz dieses merkwürdigen Autos, das nach Gemüse, überreifem Obst und moosbedeckten Felsen roch. In seinem Kopf drehte sich alles. Die Zahlen vermischten sich. Ein Brei. Wie der Karottenhimmel auf dem schrecklichen Windmühlenbild, das sein Großvater gemalt hatte. Dann ging die Haustür auf. Jemand, den er noch nie gesehen hatte, tauchte auf. Rannte auf ihn zu. Sofort stürmten die Farben auf ihn ein. Die Bedrohungen. Das Schwarz der sehr kurzen Haare. Das Anthrazit der Schuhe. Das Kieselgrau des Gewands. Der Aschton der Haut. Nur Farben des Schreckens. Je näher die dunkle Gestalt kam, desto schneller wiegte er sich vor und zurück. Sein Kopf stieß gegen das Armaturenbrett. WUMM. WUMM. Er spürte den Schmerz nicht. WUMM. WUMM. Plötzlich sah er das Veronesergrün, und alles in ihm erstarrte. Djamila kniete sich vor ihn, um auf einer Höhe mit ihm zu sein. Als sie den Schnitt auf seiner Stirn entdeckte, schrie sie auf. Er fixierte ihre Augen. Die Farbe ihrer Augen. Ein Puzzlestück. Das Ganze in einem Detail. Es war eine komplexe Idee. Er hatte viel darüber nachgedacht, er, der die Welt nur in Bruchteilen wahrnahm. Nie in ihrer Gesamtheit. Aber dieses Grün kannte er. Das war sie. Ganz und gar sie. Da hörte er auf zu knurren. Sich zu wiegen. Sein Körper entspannte sich. Der Lärm in seinem Kopf verstummte. Er hatte seine Insel wiedergefunden. Seine Hütte. Und zum allerersten Mal in seinem jungen Leben breitete er die Arme für jemanden aus, und Djamila flüchtete sich tränenüberströmt hinein. »Ich wollte zu dir, aber du warst nicht da.«

Weiß

Das Foto nahm eine Viertelseite der Sonntagsausgabe von *La Voix du Nord* ein. Unter der Überschrift »Der gute Samariter« sah man Pierre am Kofferraum des Kangoo, wie er Essen an gut hundert Leute verteilte, von denen einige die Arme ausstreckten wie die Millionen ausgehungerten, ausgelaugten Geflüchteten in den Camps in Afrika und anderswo, nur war das hier Frankreich, das sechstreichste Land der Welt mit einem Bruttoinlandsprodukt von fast zweitausendfünfhundert Milliarden Euro. Pierre saß allein auf der kalten Terrasse eines Cafés und genoss seinen Frühschoppen, während er das Foto betrachtete, und ja, er war stolz, und ja, er fühlte sich wichtig. Trotzdem störte ihn irgendetwas an diesem Bild. Erinnerte ihn an ein anderes. Aber welches? Er bestellte noch ein Bier, mehr Erdnüsse. Die Leute um ihn herum unterhielten sich laut, lachten, tranken Kir oder Martini. Der späte Sonntagmorgen war ein merkwürdiges Zwischenspiel, nach dem Markt, dem Bäcker, manchmal auch dem Blumenladen und vor dem Essen mit der Familie. An welches Bild dachte er? Plötzlich fiel es ihm wieder ein. Das diesige Morgengrauen des 15. Dezember. Die Kälte. Die Ankunft des Kangoo vor dem Finanzamt, im Leerlauf, um keinen Lärm zu machen. Die anderen, die schon warteten. Der zweite Wagen, der offene Kofferraum. Und darin die verfluchten Molotowcocktails. Seine explosive Wut. Sein zitternder Sohn. Der auf den Lärmschutzkopfhörer einschlug, um seine Befehle nicht zu hören. »Jetzt wirf endlich, na los, wird's bald?« Im Geiste legte Pierre die beiden Bilder übereinander und lächelte. Er war weit gekommen. Hatte wieder Geschmack an der Großzügigkeit gefunden. An der Nächstenliebe. Wow. So gut hatte er sich schon lange nicht mehr gefühlt. Er würde Louise anrufen. Ihr die ganze Geschichte erzählen. Von Alice Suarez und ihrer Freude. Ihrem Nagellack, dem Auslöser für alles. Den Wangen ihrer Freundin, rosa wie der geklaute Schinken. Von der Dankbarkeit der anderen Frauen, denen er seitdem die schlecht überwachten Gänge verraten hatte, die Waren hinter einer Säule, die man mitgehen lassen konnte, weil dort ein toter Winkel der Kameras war. Er würde Louise sagen, dass er ein anderer Mensch werde. Dass seine Wut verrauchen würde. Dass er nichts mehr zerbreche. Dass sein Foto in der Zeitung abgedruckt worden sei. Dass man ihn den guten Samariter genannt habe. Die Figur, die Jesus Christus in einem Gleichnis als Beispiel der selbstlosen Barmherzigkeit verwendet habe. »Ist das zu fassen, Louise?« Ja, er würde sie anrufen. Ihr versichern, dass es ihm leidtue. Dass er sie liebe. Dass er sie zurückhaben wolle. Seinen Sohn kennenlernen, der aus anderem Holz geschnitzt, aber genauso Teil dieser Welt war. Gleich morgen würde er sie anrufen. Oder am Dienstag. Ja, Dienstag. Gute Idee. Am Dienstag hatte er früher Schluss. Dienstagmorgen war sogar noch ein Foto des guten Samariters in der Zeitung abgedruckt, diesmal allerdings mit der folgenden Überschrift: GEFEUERT FÜRS MÜLLTONNENPLÜNDERN.

Rabenschwarz

In Geoffroys Zimmer, wo sie allein waren, nahm Djamila die Hand des Jungen und legte sie auf ihren Kopf. Sie ließ ihn ihre kurzen, stoppeligen Haare betasten. Ihre hässliche Frisur kennenlernen, mit der die Männer sie nicht mehr anschauen würden. Dann führte sie seine Hand über ihre Stirn, ihre Nase, ihren Mund. Ihre Lippen öffneten sich leicht. Ihre Zunge benetzte die Finger des Jungen. Er zuckte zusammen. Doch sie machte weiter. Seine Finger schmeckten nach Schokolade. Schließlich lenkte sie seine Hand zu ihrem Hals. Ihrem Schlüsselbein. Bis sie auf ihrer Brust lag. Djamila schloss die Augen und stöhnte lange, und der Junge sah sie an und verstand weder die geschlossenen Augen noch das Stöhnen. Sie lächelte. Sagte: »Durch deine Hand fühle ich mich schön, und ich musste spüren, dass du mich schön findest.« Er erwiderte: »Alles hat wehgetan, weil ich dich nicht erkannt habe.«

Blau

Es war kaum zwei Stunden her, dass Aurélien gestorben war. Irgendwo. Im Raureif der Morgendämmerung. Eingegangen in das Blau der Zimmerwand. Das unendliche Blau. Er hatte sie nie in ihrem hübschen langen Kleid gesehen. Mit knallrotem Lippenstift. Einer leichten Föhnwelle. Er hatte nie vor dem Krankenhaus auf sie gewartet, an einem Regentag, wie ein begossener Pudel, mit einem gewaltigen Lächeln und dem Grübchen auf der Wange. Sie hatten sich nie in einem Hotelzimmer getroffen. Auf einem Bahnhofsgleis. Mit einem filmreifen Kuss. Sie hatte ihn nie einen Grand Vin probieren sehen, die Flüssigkeit über die Zunge rollen lassen, schlucken, den Mund verziehen und dem Sommelier entgegenschleudern, um sie zum Lachen zu bringen: »Nein danke, was für eine Plörre!« Sie hatten nie »Bis morgen« gesagt. Nie über die Zukunft geredet. Er hatte ihr Leben betreten und es im selben Moment auch schon wieder verlassen. Ihre Liebe hatte eingeschlagen wie ein Blitz, und mit der ungeheuren Geschwindigkeit eines solchen hatten sie sie gelebt, einhunderttausend Kilometer pro Sekunde. Ihre Sekunden waren von Anfang an gezählt gewesen. Nur eine Handvoll. Eine winzige Handvoll. An jenem Morgen hatte sie sich gefühlt, als würde sie schweben. Außerhalb der Zeit. Außerhalb des Raums. Als sie, noch in ihrem krankenhausblauen Kittel und den quietschenden weißen Plastikschlappen, nach Hause gefahren war, hatte sie nur allein sein wollen. Ins Bett schlüpfen. Alle Decken, Laken, Handtücher, Kleidungsstücke über sich breiten. In der Dunkelheit verschwinden. In der Stille. Und noch einmal mit ihm sprechen. Noch einmal seine letzten Worte hören. Noch einmal seinen männlichen Duft an ihren Fingern riechen. An seinen Körper geschmiegt einschlafen. Eine verzweifelte Frau sein, bloß eine Stunde lang. Einen Tag. Zwei Tage. Die bestialische Bitterkeit kosten. Eine verstümmelte Frau. Eine Verrückte. Doch auf der Treppe vor dem Haus hatte Djamila gewartet. Das Mädchen, das ebenfalls sterben wollte. Da war die Geliebte verblasst. Und die Maman hatte übernommen. Schließlich hatte Hagop Geoffroy heimgebracht, und die Kinder hatten sich einen Augenblick in Geoffroys Zimmer zurückgezogen, um einander zu reparieren. Louise hatte Hagop angesehen, und sie hatten sich zugelächelt, wie man sich bei einem Schiffbruch die Hand reicht. Sie wussten, dass Djamila das fehlende Puzzlestück für Geoffroy war und umgekehrt. Dass diese Verbindung nunmehr das gesamte Sein der Kinder bestimmte. »Die beiden vereint eine große Liebe«, hatte Hagop gebrummt, und Louise' Augen hatten geglänzt, weil sie an ihre eigene kurze Liebe mit Aurélien dachte. Zwei mischbare Flüssigkeiten. Jetzt saßen die Kinder nebeneinander am Küchentisch. Ihnen gegenüber machte Hagop seinen *haykakan sourdj*, eine dunkle, dickflüssige Mischung, »*ourakhatsenenk, ourakhatsenenk*, lasst es euch schmecken!«, und Louise kochte neuen Kakao. »Milch, Rohrzucker, Kakaopulver, ich weiß.« Djamila erzählte noch einmal von Bakki und Lizul. Vom Qamis zu

Ehren des Propheten. Vom Bart, den sie sich wachsen ließen, weil er männliche Schönheit und Pracht verkörpern sollte und das zu den zehn Handlungen der Fitra gehörte – der natürlichen Veranlagung, die zu Gott führt. Und von der Dschilbab, die sie für ihre Schwester gekauft hatten. Den Drohungen, wenn sie ihren Forderungen nicht entsprach. Ein Mädchen hat zu gehorchen. Punkt. Sie sagte: »So gehe ich nicht in die Schule. Ich bin frei und meine eigene Herrin. Ich bin Französin. Meine Brüder sind nicht meine Väter.« Louise versuchte sie zu beschwichtigen. »Probier es doch eine Woche, Djamila, nur bis zu den Osterferien. Dann könnt ihr so viel Zeit in der Hütte verbringen, wie ihr wollt.« Der Körper des Jungen fing wieder an, sich vor und zurück zu wiegen. »Das lässt Bakki niemals zu«, wandte Djamila ein. »Er hat mir verboten, Geoffroy zu sehen. Er hat ihn sogar beleidigt. *A'hmar.* Esel. Schwachkopf.« Louise und Hagop ermaßen die Zerstörungskraft des herannahenden Feuers. Der drohenden Gewalt. Der Himmel verdunkelte sich, wurde schwarz vor augenauspickenden Raben. Da sprach Hagop mit einer sehr sanften, sehr alten Stimme: »Worte, die die Zeit überdauern, sind weise. Sie sind das Licht. Verlasse nie ganz den Ort, von dem du kommst. Lass nichts von dir auf dem Weg zurück. Du trägst die Welt schon in dir. Das hat mir meine Honigmutter immer vorgesungen, als ich klein war. Wenn wir sie nicht beschützen, Louise, wenn wir sie nicht retten, werden diese beiden Kinder vernichtet.«

Schwarz

Scheiße. Die Pisser hatten das Foto in der Zeitung gesehen. Und ihn Montagmorgen direkt nach seiner Ankunft hochzitiert. Noch bevor er sich überhaupt umziehen konnte. Zwei Kollegen warteten schon auf ihn. Natürlich muskelbepackter als er. Pfefferspray gut sichtbar. »Personalbüro«, sagten sie. »Wir begleiten dich.« Einer der beiden murmelte noch, dass es ihm leidtue. »Was du da gemacht hast, war schwer in Ordnung. Bloß blöd, dass sie dich erwischt haben.« Die Personalchefin hatte *La Voix du Nord* aufgeschlagen vor sich liegen. Sie sprach von einer brenzligen Lage. Von vorsorglicher Suspendierung. Von einer Ladung zum Vorgespräch. Er hörte längst nicht mehr zu. Brenzlig wie in gefeuert. Die Sache war durch, aus und vorbei. Keine Lohnfortzahlung, keine Abfindung. Nur Urlaubsabgeltung. »Verstehen Sie, was ich sage, Monsieur Delattre? Verstehen Sie?« Da setzte Monsieur Delattre sich auf den Polsterstuhl, ohne dass sie es ihm angeboten hätte, und sie wich kaum merklich zurück. Manchmal wurden die Leute gewalttätig. Vor zwei Jahren hatte ihr mal einer einen Zahn ausgeschlagen. Er schaute ihr lange in die Augen. Bohrend. Dann fragte er nur sehr ruhig: »Hatten Sie schon mal Hunger, Madame Guigou? Richtig Hunger. Nicht das kleine Elf-Uhr-Loch, weil Sie zum Frühstück bloß zwei Light-Zwiebäcke runtergeschlungen haben. Hunger. Schmerzen über dem Bauchnabel. Krämpfe. Übelkeit. Kopfweh. Und noch schlimmer: Scham. Die Scham, Hunger zu haben.« Doch die Frau, die nie Hunger gehabt hatte, senkte nicht den Blick. Sie streckte ihm nur die Ladung zum Vorgespräch der Kündigung hin. Pierre unterzeichnete. Und das war's.

Blau

Die Kinder verschwanden mit Hagop im Wald. Louise fuhr zurück ins Thomazeau. Im Stationsstützpunkt reichte Brigitte ihr eine Nachricht. Auréliens Schrift, vermutlich. Zittrig. Wie die eines alten Mannes. »Ich habe die Welt verlassen. Aber dich verlasse ich nicht.« Brigitte fing Louise auf, als sie fiel.

Grau

Die Siedlung. Rue des Colombes. Erster Stock. Von der Decke der kleinen gelben Küche furchte eine weiße Neonröhre die Gesichter, wenn sie eingeschaltet war – also den ganzen Tag, weil das Fenster auf eine dunkle, mit Schimpfworten übersäte Mauer hinausging. Neben dem Kühlschrank hing ein Bild mit einer Kalligraphie der Schahada und eines Verses aus dem Koran: »Und rufe neben Allah keinen anderen Gott an.« Beim Essen blieb Djamilas Stuhl leer, und Bakki fragte seinen Vater, wo seine Schwester stecke. Ahmed hob die verbrannten Hände wie zwei Flammen, zwei Fackeln, und antwortete: »Bei deiner Mutter, meiner Lahna, meiner Prinzessin, sie ist bei einer Freundin.« »Welcher Freundin?«, hakte Lizul sofort nach. »Immer mit der Ruhe, mein Sohn, ich habe es mir aufgeschrieben. Hier, schau. Ein französischer Name. Lemaître. Jeanne.« »Eine *kafir*, bei Allah.« »Sie ist eine Klassenkameradin. Die beiden arbeiten an einem Projekt für die Schule. Frag mich nicht, worum es geht, aber es ist sehr wichtig für die Note. *Haja mliha*. Für die Versetzung. Sie hat vorhin angerufen. Sie wollte dich sprechen, Bakki. Ihren großen Bruder. Dich um Erlaubnis bitten. Aber du warst nicht da.« »Also hast du es ihr erlaubt?« »Na, ich bin immerhin ihr Vater. Und auch ein wenig ihre Mutter. Seit ihrer Geburt. Ich habe ihre Kleider gebügelt, mein Sohn. Ich habe ihr die Haare gewaschen. Ich habe ihr vorgesungen. Ich habe mit der alten Maïssa Ayadi geredet, als ich den Blutfleck auf ihrem Laken entdeckt habe.« »Sei still, Vater.« »Also ja, ich habe meiner Tochter meinen Segen gegeben, diese Nacht und das restliche Wochenende bei ihrer Freundin zu verbringen. Sie ist früh gegangen. Sie hatte die graue Dschilbab an, und sie war stolz darauf, sie zu tragen. Sie war schön. *Kanat zina*, meine Söhne, glaubt mir.«

Anthrazit

Der einundzwanzigste Samstag war ein Schuss in den Ofen. Kaum zweiundzwanzigtausenddreihundert Demonstrierende in ganz Frankreich. Ein paar Hundert in Rouen, wo sie Mülltonnen und eine Baumaschine in Brand steckten. Dreitausendfünfhundert in Paris. »WARMDUSCHER!«, stieß Tony aus. Der Zug lief über den Boulevard Voltaire und hielt vor der Hausnummer 50, vor dem Bataclan, eine Schweigeminute ab. Geoffroy hätte ausrechnen können, dass sie jedem Todesopfer damit 0,6 Sekunden widmeten. Nicht einmal genug Zeit, um ihre Vornamen auszusprechen. Ein paar Kerle versuchten die Ringautobahn auf Höhe der Porte de Champerret zu blockieren, und sofort flogen die Granaten, tränten die Augen. In achtundvierzig Stunden würde der Premierminister die Ergebnisse der Großen Debatte vorstellen, »wohl eher der Großen Kacke«, wetterte Tony. Hier blieb der Kreisverkehr zum ersten Mal seit beinahe fünf Monaten leer. Die jungen Leute hatten die Hoffnung aufgegeben. Sie glaubten höchstens noch an Prügelorgien. An das Chaos. Und dafür fuhren sie nach Paris. Julie und Jeannot waren gar nicht erst aufgestanden. Ausnahmsweise mal ausschlafen. Pulverkaffee. Toastbrot. Erdbeermarmelade. Es regnete über Frankreich. Die Umzüge waren trist. Man hörte Sprechchöre: »Emmanuel, verpiss dich schnell«, aber der Reim war freudlos. Die Verzweiflung war kein guter Dichter. Ein Verein mit dem Namen Restefest hatte Pierre nach den Artikeln in *La Voix du Nord* kontaktiert. Sie wollten ihn einstellen, um das Unrecht wiedergutzumachen, aber vor allem, damit er ihnen half, die Restwaren bei den Geschäften abzuholen, die Produkte, die das Verkaufsdatum überschritten hatten, und warum nicht auch die Gerichte, auf denen die Restaurants sitzen blieben, und warum nicht eine App entwickeln? »Also, reich sind wir nicht«, erklärte Mademoiselle Renart, »aber den Mindestlohn können wir Ihnen schon anbieten.« Robin Hood lächelte. Sein glückliches Lächeln. Er sagte: »Ich bin interessiert. Lieber Essen schmeißen als Steine, das fliegt weiter.« Rasch verbesserte er sich: »Sorry, bitte entschuldigen Sie, so war das nicht gemeint. Ich wollte nur sagen, dass das eine klügere Form der Kriegsführung ist.« Aber das hörte Mademoiselle Renart gar nicht mehr durch ihren charmanten Lachanfall. Später fuhr Pierre beim Verein vorbei. Man erklärte ihm alles. Er würde sogar einen kleinen anthrazitfarbenen Fiat Scudo zur Verfügung gestellt bekommen. »Haben Sie einen Führerschein, Pierre? Ich darf Sie doch Pierre nennen, oder? Ich bin Adeline.« Um die dreißig. Üppig. Blümchenkleid. Hübsches Lächeln. Milchweiße Zähne. Er unterschrieb einen unbefristeten Arbeitsvertrag. Ein Monat Probezeit. Und feierte anschließend allein in der Pizzeria um die Ecke. Eine Margherita. »Ja, mit Basilikum, bitte.« Er trank ein paar Bier. Jenlain, oho. Er malte sich aus, was er Louise bald alles erzählen würde. »Du würdest mich nicht wiedererkennen. Ich tue jetzt Gutes. Ich sprenge das System von innen heraus.« Beim dritten Glas wusste er, dass er eine Welt betreten hatte, die sich veränderte. Unaufhaltsam. Schluss mit dem Schmu. Mit den Scheißpolitikern, die kein einziges Problem lösen. Die unsere Kohle verschleudern. Ohne jemals Rechenschaft abzulegen. Die brauchen wir nicht mehr. Wir stellen wieder die Menschen in den Mittelpunkt. Jeden einzelnen Menschen. Erkennen die Bedeutung eines jeden Lebens an. Finden wieder Geschmack am Leben. An Wasser. An Brot. Louise würde ihn bestimmt zurücknehmen. Er würde lernen, seinen Sohn zu lieben. Zur Not würde er sich Hilfe holen, zum Psychologen gehen. Ja. Er würde alles tun, was nötig war. Absolut alles. Und alles würde wieder ins Lot kommen. Alles. Ganz sicher.

Grün

Louise weinte nicht mehr. Sie lag auf dem Tagesbett im Stationsstützpunkt, nachdem Brigitte ihr eine halbe Valiumtablette mit einem Schluck Grüntee aufgedrängt hatte. Sie ließ ihre Seele treiben. Es kam ihr vor, als würde sie wieder seine salzige Haut auf ihren Lippen schmecken. Seine Stimme ganz dicht an ihrem Ohr hören. Sie sah sich mit ihm. Sie halten Händchen. Er bringt sie zum Lachen. Er verspricht ihr, dass er immer für sie da sein wird, und sie glaubt ihm. Sie sind schön. Sie tanzt auf dem Gehweg für ihn, und die anderen Fußgänger lächeln wohlwollend. Eine nette Abwechslung zu diesen irren Tretrollerrasern. Im Park sitzen sie auf einer Bank mit Blick auf den Schelde-Arm, der in der Sonne funkelt wie ein Diamant. Die Strömung ist schneller als im Winter. Federn von Schwanen- und Entenküken trudeln auf dem Wasser. Louise hebt die Augen. Noch nie zuvor hat sie die ersten Seidenschwänze in den Birken bemerkt. Die Ammern in den Zierkirschen. Früher hat sie nicht richtig hingeschaut. Früher hatte sie keine Ahnung. Aurélien und sie schweigen. Sie spüren die gleichen Dinge. Sind von der gleichen Freude erfüllt. Irgendwann zieht Nebel auf, umhüllt sie, und als er sich wieder legt, ist Louise allein. Aurélien hat sich in Luft aufgelöst. Zurück bleiben nur Wassertropfen auf ihren Wangen. Auf ihren

Fingerkuppen. Aber sie weint nicht mehr. Sie will sich nur selbst verflüchtigen. Brigitte kam zurück, nachdem sie eine neue Patientin in Empfang genommen und einquartiert hatte. Achtundfünfzig Jahre. Glioblastom Stadium 4. Sehr verwirrt. Aufgeschwemmt vom Kortison. Kindlicher, zielloser Blick. Und ein dankbares Lächeln. Es gibt Leute, die gehen ohne Wut. Die wissen, dass es vielleicht kurz, aber schön war. Das Leben. »Verstehst du, was ich sage, Louise?«

Osterglocke

Dreihundert Meter von der Hütte entfernt befand sich der Hof Haytayan. Es war ein gewaltiger Vierseithof, der neben den Wohnräumen eine Scheune, einen Garten, Gemüsebeete und einen Kuhstall umfasste. Letzterer war im Lauf der Zeit und in Erwartung des großen Wertstoffhofs, den zwei Generationen von Bürgermeistern versprochen hatten, für die Dorfbewohner zu einer riesigen Rumpelkammer geworden, in der man ungeniert ein nicht mehr genutztes Auto, eine kaputte Waschmaschine oder einen ausgedienten Backofen abstellte – quasi ein Paradies für Schrotthändler. Hagop Haytayan baute hervorragende alte Gemüsesorten an, Pastinake, Knollenziest, Steckrübe, Kardone, Gartenmelde –auch Spanischer Spinat genannt –, köstliches Obst, und bot samstags auf dem Markt feil, was die Dörfler nicht direkt ab Hof gekauft hatten. Zusammen mit den Kindern transportierte er nun allerlei Dinge vom Hof zur Hütte, damit sie es dort behaglich hatten. Einen großen Tisch. Zwei Öllampen – besser als alle elektrischen, hatte er gesagt. Zusätzliches Besteck. Geschirr. Ein paar Regale für die Bücher des Jungen. Laken, die sie vor die Fenster hängen konnten, bis sie richtige Vorhänge besorgt hatten. Abgewetzte, plusterige Kissen. Anschließend holte Hagop ein wenig Kastanien- und Eichenholz herein, und Djamila band einen kleinen Strauß aus den ersten Osterglocken und ein paar Hasenglöckchen. Fast wirkte es, als würden sich die ersten Siedler einer neuen Welt hier niederlassen. Ein dreizehnjähriger Junge. Ein fünfzehnjähriges Mädchen. Ein zweiköpfiges Volk. Man wollte schon mit ihnen von einer besseren Welt träumen, doch durfte man nie Antarames Honigstimme vergessen, die ihrem Sohn ins Ohr flüsterte, dass in den Schatten der Wälder auch die Dämonen der alten Welt lauerten.

Blaugrün

Les Lys du Hainaut war ein klobiges, zweistöckiges Altenheim, dessen Fassade größtenteils Ziegelsteine bedeckten – damit auch ja niemand vergaß, dass man hier im Norden war, dass man Kriege erlitten, tonnenweise Bomben abbekommen, aber trotzdem überlebt hatte. Alles wiederaufgebaut, so gut man konnte. Mit dem, was man gerade zur Hand gehabt hatte, also diesem tonhaltigen Lehm, den man in der Sonne getrocknet, wenn Gott an uns gedacht, und am Ende im Ofen gebrannt, weil Gott uns vergessen hatte. Hier findet man keinen Schnickschnack, meine Damen und Herren. Nur Schroffes. Unbehauenes. Trotz allem hatte man versucht der Fassade einen heiteren Anstrich zu geben, durch eine kleine gelb-weiß gestreifte Markise, drei winzige Büsche, damit kein Bewohner auf die Schnapsidee kam, sich dahinter zu verstecken, und, je nach Wetter, einen Tisch und ein paar Stühle aus grünem Plastik vor dem Haupteingang. Sobald man das Gebäude betrat, sprang einem das Blaugrün in die Augen – oder stach sogar –, das diverse Wände, Sofas und Fliesen überzog, eine Mischung aus Türkisblau und Waldgrün, aus Mitgefühl und Ruhe, Farben, die Vertrauen einflößen und den Geist öffnen sollte. Soso. An der Rezeption fragte Louise nach Madame Cuvelier. »Und Sie sind?« »Ihre Schwiegertochter.« »Ah, okay.« Die junge Frau schaute auf den Bildschirm des Computers vor sich. »Wir sind gerade fertig mit der Morgenpflege«, erklärte sie. »Zweiter Stock, Zimmer sechsundzwanzig. Bleiben Sie zum Mittagessen? Das wären dann zehn Euro.« Louise lächelte. »Ich denke nicht, aber danke.« Sie nahm ihren Besucherausweis entgegen, begab sich in den »Bereich für beschütztes Leben« und dachte über die Verlogenheit dieser Worte nach, denn hier wurde nicht das Leben beschützt, sondern die Blicke und Ohren der anderen *vor* diesem Leben, das über Augen, Blasen, Hintern, Münder, Katheter, Schreie und manchmal auch Totenstille entwich. Als sie an der angelehnten Tür zum Zimmer sechsundzwanzig klopfte, bekam sie keine Antwort. Also schob sie sie auf. Auf einem blaugrünen Sessel saß Auréliens Maman und starrte ins Leere. Ein kleines, zerknittertes Wesen. Ein Hauch aus Spitze. Eine Madeleine Renaud. Und in der Luft der Geruch nach Nivea-Creme. Sie hob den Kopf. Lächelte Louise an. Louise trat näher. Setzte sich auf den Bettrand. Sagte: »Ich heiße Louise.« »Das ist ein hübscher Name.« »Ihr Sohn Aurélien schickt mich.« Ihre Augen wurden feucht. »Ich soll Sie von ihm um Verzeihung bitten.« Madeleine Renaud musterte sie einen Moment lang, dann fragte sie, was er denn nun schon wieder ausgefressen habe. »Er ist ein richtiger Schlingel.« Ihr Gesicht hellte sich auf. »Gestern hat er eine Lochkamera gebaut, stellen Sie sich vor.« Ihre Miene verdüsterte sich wieder. »Und sein Bruder, der alte Neidhammel, hat sie kaputt gemacht. Aber Aurélien ist nicht hier. Er ist in der Schule.« Louise trocknete ihre Tränen. Erwiderte: »Genau, er ist in der Schule. Gerade haben sie Erdkunde. Ich soll Ihnen ausrichten, dass er heute ein bisschen später nach Hause kommt. Er muss nachsitzen, weil er sein Mitteilungsheft vergessen hat. Jetzt wissen Sie's.« Madeleine Renaud schaute sie an. »Helfen Sie mir heute beim Essen?«

Rot oder Grau

An jenem Sonntag war das Wetter traumhaft. Die Kinder hatten im kleinen Schlafzimmer der Hütte übernachtet. Klar, es hatte eine Weile gedauert sich zu organisieren, weil der Junge noch nie neben einer anderen Person geschlafen hatte. Er war nervös gewesen. Hatte diverse Regeln aufgestellt. Dreißig Zentimeter Entfernung zur Wand. Ein flaches Kopfkissen. Keine Wolldecke. Egal welcher Art. Weder Merino. Noch Alpaka. Noch Mohair. Wolle brannte auf seiner Haut. Es konnte passieren, dass er schrie. Sich wundkratzte. Nur Baumwolle. Sonst nichts. Ein schwaches Licht im Zimmer (dafür war die Öllampe perfekt). Die Tür einen Spaltbreit offen. Zehn Zentimeter. Maximal. Djamila hatte ihn beobachtet, wie er alles vorbereitete. Sie hatte ihn schön gefunden. Kostbar. Sie hatte gesagt: »Du kannst so viel Platz haben, wie du willst, ich mache mich ganz klein«, und wieder hatten ihre Wangen wie zwei Kohlen geglüht, weil sie das Gefühl hatte, ihm ihre Liebe gestanden zu haben. Als sie später endlich beide im Bett lagen, hatte der Junge erklärt, sie seien homoiotherm. Djamila hatte ein Glucksen unterdrückt. »Das bedeutet, dass unsere Körpertemperatur selbst dann relativ konstant bleibt, wenn sich die Umgebungstemperatur ändert. Im Gegensatz zu Fischen oder Schlangen zum Beispiel, die sind poikilotherm, das heißt, ihre Körpertemperatur ändert sich mit der Umgebungstemperatur. Tatsächlich sollte man zum Einschlafen das Absinken der Körpertemperatur unterstützen und …« Da hatte Djamila ihn mit sanfter Stimme unterbrochen: »Warum fragst du nicht einfach, ob ich das Fenster ein bisschen aufmachen kann, Geoffroy?« »Das wäre natürlich eine Möglichkeit.« In der Nacht hatte Djamila den Körper des Jungen wieder zugedeckt. Sie war aufgestanden, um Holz nachzulegen. Anschließend hatte sie sich in ihre Decke eingewickelt und sich an den Bettrand gesetzt, um ihm beim Schlafen zuzusehen. Jetzt war er wie die anderen. Wie alle anderen Jungen auf der Welt. Aber sie mochte seine Wunderlichkeiten. Seine Ticks. Die Geräusche in seinem Kopf. Sie mochte es, seine Freundin zu sein. Seine Geliebte. Sie würde ihr ganzes Leben mit ihm verbringen. Auch wenn sie erst fünfzehn war, verstand sie, dass Liebe keine Frage des Alters war. Sondern des Herzens. Des Blutes. Der Angst. Und mit ihm klopfte ihr Herz höher. Ohne ihn hatte sie Angst. Der Junge lebte in einer Welt, in der auch sie leben wollte. So einfach war das. Niemand konnte ihr vorschreiben, wen sie wählte. Wenn die Erwachsenen sich in die Angelegenheiten der Kinder einmischten, erschufen sie Kinder, die zu schnell erwachsen wurden. Die gleiche Sprache wie sie sprachen. Die gleiche Bosheit in sich trugen. Wie diese Wichser, die sie nach der Schule angegriffen hatten. Am nächsten Morgen wachten Geoffroy und sie beinahe gleichzeitig auf. Der Junge lächelte sie an, und sie wusste, dass sie in sein Leben eingetreten war. Auf dem Tisch im Wohnraum fanden sie eine Flasche Milch, zwei Baguettes, ein Glas Rhabarbermarmelade – das Mädchen hatte Hagop anvertraut, dass sie das zugleich Süße und Saure daran möge, und nein, sie sei sich nicht sicher, dass sie Rhabarber möge, aber was sie hundertprozentig, sogar zweihundertprozentig möge, sei dieser Zweifel, dieses Zögern zwischen mögen und nicht mögen, und Hagop war in schallendes Gelächter ausgebrochen und hatte erwidert: »Du bist *ankhelk aghtchig's*, völlig verrückt.« Nach dem Frühstück, Milch, Rohrzucker, Kakao, stellten sie zwei Stühle auf die Terrasse. Sie ging nach Westen hinaus, damit man den Sonnenuntergang genießen konnte. Zu dieser frühen Stunde lag sie noch im Schatten der Bäume, es war kühl und feucht. Eichhörnchen – *Sciurus* mit rotem oder grauem Fell, erklärte der kleine Gelehrte – hatten dort abgenagte Fichtenzapfen und Dutzende Spuren hinterlassen. »Die sehen aus wie winzige Hände«, fuhr der Junge fort. »Guck: vier Finger an den Vorderpfoten, weil der Daumen verkümmert ist, und ein dreigeteilter Ballen, fünf Finger an den Hinterpfoten, von denen die drei mittleren gleich lang sind. Die vier Ballen haben die Form von Wassertropfen, und die Anordnung der Pfoten malt die Flügel eines Schmetterlings oder zwei Ausrufezeichen.« »Lieber die Schmetterlingsflügel«, flüsterte das Mädchen lächelnd, »das ist viel hübscher.« »Du meinst, nicht so mathematisch wie die Ausrufezeichen?« »Genau.« Und sie schauten sich ein paar Sekunden lang tief in die Augen, weil es immer überwältigend ist, mit jemandem auf einer Wellenlänge zu sein. Manche Ärzte nannten es »das Oxytocinwunder«. Die Ausschüttung des Bindungshormons beruhigte den Emotionsteil des Gehirns und erlaubte dem Jungen, seine Angst zu bezwingen. So konnte er dem Mädchen in die Augen schauen. Und alles wurde möglich. Neue Welten eröffneten sich ihm. Die der Liebe zum Beispiel. Später begaben sie sich ganz nach draußen. Berauschende Gerüche, moosbedeckte Felsen, trockenes Laub, Kiefernzapfen, Rinde. Zedernharz, Flechten- und Blumensäfte, holzige Aromen, rauchige Süße. Reichhaltige Balsame. Vielschichtige Düfte. Und in der Ferne Tierlaute. Knurren. Kreischen. Röhren. Luftspiegelungen. Lichtblitze. Ein ganzes wildes Leben. Hier genossen die beiden Kinder das Sichtbare. Spürten das Unsichtbare. All die Schönheit. Das Grauen würde kommen. Die Menschen würden kommen. Später. Mit ihrem Feuer und ihren Explosionen, ihren Macheten und ihrer Wut. Zum Mittagessen lud Hagop sie auf den Hof ein. Auf dem Speiseplan: ein Farbverlauf aus Obst und Gemüse. »Mit dir essen wir Farben, Geoffroy«, bemerkte Djamila. Hagop gab ihnen Tipps für ihren Garten. »Streut Asche aus dem Ofen ringsherum, um ihn vor Schnecken zu schützen.« Geoffroy erwiderte, man könne auch Pyrethrumpulver verwenden. »Wohl wahr. Aber das, mein Junge, habe ich nicht hier.« Später verkündete Hagop, der Oldtimer brauche eine Pause, und zog sich für ein Nickerchen ins Schlafzimmer zurück. Geoffroy fragte, welches Auto Hagop gemeint habe, und Djamila dachte, er mache einen Witz. Schließlich kehrten die Kinder in den Wald zurück. Die Sonne wärmte die Erde. Ließ die Baumkronen leuchten. Die Stämme tanzen. Sie wanderten zu den Quellen. Als Djamila die Pappeln und den Blätterteppich aus Herzen zu ihren Füßen sah, bekam sie Lust, sich darauf zu betten. Der Junge tat es ihr nach. Er hatte keine Angst mehr. Sie schauten in den Himmel. Manchmal streckte der Junge den Finger aus. Sagte: »Weihe.« »Aaskrähe.« »Erlenzeisig.« Aber das Mädchen hörte nicht mehr zu. Interessierte sich nicht mehr für die Vögel. Sie zog sich langsam aus, mit knappen Bewegungen, so wie man beim Tauchen mit seinem Atem haushaltet. Als sie ganz nackt war, schauderte sie. Ihre Haut war kühl. Die Stiele der Blätter piksten ihr in den Rücken. Ein winziger Schmerz. Angenehm. Sie sagte: »Ich nehme jetzt deine Hand, Geoffroy, ich lege sie auf mich, auf meine nackte Haut, ich will, dass du mich streichelst, dass du meinen Körper entdeckst, dass du ihn spürst, ihn zerkratzt, kein anderer Junge hat mich je angefasst, du sollst der Erste sein, der Letzte, du hast bestimmt Angst, aber ich verspreche dir, ich bin noch viel ängstlicher, ich will, dass du mich anschaust und dass dir alles gefällt, was du siehst, alles, was dir gehört«, dann verstummte sie, und tausend Trommeln schienen durch den Wald zu schallen, tausend Mal ihr Herzschlag, und sie ließ die Hand ihres Geliebten los, die mit der unwägbaren Leichtigkeit einer Feder auf ihrem Bauch landete und dort lange liegen blieb, ehe sie sich endlich regte und alles tat, was sich das Mädchen erträumt hatte. Alles, was es anschließend verlangte. Sehr viel später, als der Junge ebenfalls nackt war, hörten sie Schritte in der Nähe. Aber sie fürchteten sich nicht. Kein Tier würde zwei Kinder verschlingen, die sich gerade vermählt hatten.

Schwarz

Sonntagabend rief Djamila zu Hause an. Bakki ging ans Telefon. »Gib mir Papa.« »Der ist beschäftigt.« »Ich warte.« »Wann kommst du zurück?« »Es ist nur …« »Nur was?« »Gib mir Papa.« »Ich hab dir doch gesagt, dass er beschäftigt ist. Also, nur was?« »Meine Freundin Jeanne hat gefragt, ob ich nicht die ganzen Ferien über bleiben kann. Und ich würde die Einladung gern annehmen.« »Nein.« »Ich gebe dir ihre Mutter, wenn du möchtest.« »Ihre Mutter geht mir am Arsch vorbei. Die Antwort ist Nein.« »Krieg dich wieder ein, Bakki, es ist mein Leben, ich mache, was ich will.« »Du machst, was ich dir sage, sonst nichts!« »GIB MIR PAPA!« Sie hörte Geräusche am anderen Ende der Leitung. Stühlescharren. Türenschlagen. Ahmeds Stimme. Ein raues Gespräch zwischen Vater und Sohn. Schließlich sagte der Mann mit den Feuerhänden zuckersüß: »*Allahu akbar*, mein Sohn, also sei auch du groß. Mach deiner Schwester eine Freude. Sie ist fleißig in der Schule. Sie ist gehorsam. Sie fährt nie in den Urlaub. Und meine Lahna, deine schöne Mutter, konnte nicht für sie da sein, es ist gut, dass sie eine Freundin hat.« »Eine *kafir*, Vater, eine *ghadar*!« »Nur ein paar Tage, mein Sohn, mein Augapfel. Danach bleibt sie bei dir. Begeht ihren ersten Ramadan.« Bei diesem Wort fing Djamila an zu zittern. »Drei Tage«, verfügte Bakki,

»drei Tage, dann kommt sie nach Hause.« »*Thlatht ayam*. Einverstanden.« Und als ihr Bruder das Telefon wieder aufnahm, sagte Djamila: »Ich hab's gehört. Du bist kein Bruder, Bakki, du bist ein Mistkerl.« Und sie legte auf.

Christrose

In *Gänsemütterchens Märchen* erzählt Charles Perrault, wie ein Haushofmeister die beiden Kinder der schlafenden Schönen im Walde, Morgenröte und Heller Tag, vor der kannibalischen Grausamkeit der Königinmutter beschützt – niemand anderes als ihre Großmutter. Dafür tauscht er sie durch das Fleisch eines Lamms und eines Zickleins aus, jeweils serviert in einer Soße, auf die die Menschenfresserin ganz versessen ist, und vertraut die Engelchen seiner Frau an, die sie in einem unterirdischen Gemach versteckt. So verborgen vor den Augen der Welt, entgehen die Kleinen den spitzen Zähnen der Ogerin und leben ein langes, glückliches Leben. Als Hagop Haytayan an jenem sonnigen Montagmorgen mit frischer Milch und warmem Brot auf die Hütte zuhielt, fühlte auch er sich als Retter des Mädchens und des Jungen. Am selben Tag gegen Mittag beschloss Pierre, Louise anzurufen. Vor dem Aperitif. Denn Alkohol konnte einem manchmal einen bösen Streich spielen. Zum Beispiel eigenmächtig die Worte ändern, die man im Begriff war auszusprechen. Pierre hatte Glück. Louise machte gerade Pause. Und ja, sie hatte fünf Minuten Zeit für ihn. Also spulte er seine Geschichte ab. Alice Suarez. Der Diebstahl. Die Kontrolle im Büro. Und dann der Nagellack. Die Erleuchtung. Der plötzliche Drang, auf die Seite des Guten zu wechseln. Weil er entdeckt hatte, dass das Gute eine Waffe war. Eine gefährliche Waffe. Eine entwaffnende Waffe. Nur Robin Hoods konnten heutzutage noch eine Regierung stürzen. Auf einen Helden schoss man nicht. Auf einen Kerl, der die Hungernden mit gestohlenem Schinken versorgte. Und wenn doch, ging der Schuss nach hinten los, direkt ins Auge, und das war's. Der Beweis? Die Aktivistinnen und Aktivisten in Notre-Dame-des-Landes hatten am Ende gewonnen. Da konnte man sagen, was man wollte, aber es würde keinen neuen Flughafen geben. Stattdessen Töpfereien. Schafställe. Eine Konservenfabrik. Buchweizenfelder für Galettes und Nudeln. Aber vor allem lebensfrohe Menschen. Menschen, die teilten, was sie hatten. Utopien sind die Nahrung unserer Träume. Also füttern wir sie. Und zwar richtig. »Verstehst du, Louise, in mir ist keine Wut mehr. Sondern Hoffnung.« Pierre schwieg einen Moment, ehe er fortfuhr: »Damit will ich sagen, dass ich gern nach Hause kommen würde. Dich zurückhaben. Das mit Geoffroy werde ich lernen.« Er hörte Louise tief Luft holen und wusste es. Sofort. »Das geht nicht mehr, Pierre. Ich habe jemanden kennengelernt.« Das tat sehr weh. Als würde er von einem Laster überrollt. Er taumelte. Als er wieder zu sich kam, fragte er: »Wen?« »Kennst du nicht. Ich habe ihn im Krankenhaus getroffen. Liebe auf den ersten Blick. Wie ein Blitzschlag. Unleugbar. Vierzig Jahre. Fotograf. Geschieden. Keine Kinder. Voilà.« »Und du bist dir sicher, Louise?« »Ganz sicher, Pierre, so sicher wie anfangs bei dir. Als deine Wut uns hat singen und tanzen und leben lassen. Bevor sie uns getötet hat.« »Aber …« Sie unterbrach ihn. »Wir wollen zusammenwohnen, er zieht bald bei uns ein. Ich packe deine Sachen, du kannst sie irgendwann abholen, wenn es dir passt. Keine Eile.« Pierre weinte. Er hatte sie verloren. Er fühlte sich plötzlich gähnend leer. »Und Geoffroy?« Louise seufzte. »Geoffroy? Na, der tut, was alle kleinen Jungen und Mädchen tun, denen so was passiert. Überleben. Er wird die Trennung seiner Eltern überleben. Vielleicht wächst er für eine Weile ein wenig schief, aber dann richtet er sich wieder auf. Wie eine Blume nach einem schweren Sturm, und ich werde alles geben, hörst du, alles, damit er die schönste Blume auf der weiten Wiese der Kindheit bleibt. Eine grüne Christrose, weil Grün seine Lieblingsfarbe ist. Grün, Pierre, nicht Gelb.« Eine lange Stille breitete sich zwischen ihnen aus, wie endlos reißende Seide. Schluchzer schnürten Pierre die Kehle zu. Erstickten ihn. Er verlor den Boden unter den Füßen. Er warf das Telefon auf das Bett seines beschissenen Hotelzimmers und ließ seine Tränen wüten, seinen Körper in die Tiefe stürzen.

Kastanie

Der Kerl grinst breit. Der alte Heuchler. Schaut ihn euch an. Die Ermittlungskammer des Berufungsgerichts von Bastia gab an jenem Mittwoch die Lockerung seines Vollzugs unter Auflage einer elektronischen Fußfessel bekannt. Das machte Tony rasend. »Darf doch nicht wahr sein! Der Typ ist Haushaltsminister und ein Schweinepriester sondergleichen, schwarzes Konto in der Schweiz, Steuerhinterziehung, Geldwäsche, und kriegt am Ende 'ne Fußfessel, die Ehrenlegion der Drecksäcke. Kein Knast, nichts. Dolce Vita in seiner Villa auf Korsika. Figatellu, Brocciu, Coppa, Kastanienkuchen. Und uns fliegen die Granaten um die Ohren, weil wir uns weigern, noch mal 6,5 Cent mehr Steuern auf Diesel zu berappen. Um den Umweltschutz zu finanzieren, dass ich nicht lache. Das ist Abzocke!«, schimpfte der Garibaldi-Nachkomme. »Erpressung. Jetzt reicht's!« »Ja, in den Knast mit ihm«, rief Jean-Mi schwach und nahm einen tiefen Zug. Bei Lolo vor dem Fernseher wurde wie immer gebechert und gewettert. Die Nachrichten waren nie gut für die Jeannots, die Julies, die Tonys, die Jean-Mis, für alle, die um den Zwanzigsten jedes Monats die Gürtel enger schnallen mussten, ihr Püree mit Wasser streckten und Schinken klauten, weil er wegen der Schweinekrise in China zwanzig Prozent teurer geworden war, »anscheinend legen die da drüben neunzehn Schweine pro Sekunde um«, »pah, sollen sie doch ihre Köter essen, ich hab ein Rezept für Hundefondue«, »haha, dein Gras muss ja echt reinballern«, »ich hab nichts geraucht, Jean-Mi, kein Scheiß, die haben sogar ein Hundefleischfestival jedes Jahr in Yulin in Guangxi, keine Ahnung, wo das genau liegt, aber ich habe Fotos von den gebrutzelten Tölen gesehen, richtig widerlich«, »hui, damit könntest du dich glatt für 'ne Quizshow bewerben«, witzelte Julie, und das Gelächter schwemmte die Wut fort, denn am Ende blieb ihnen nur das. Dieser letzte Funke. Doch sobald die Lust am Lachen versiegt, werden die Samurai die Flutwelle nicht mehr aufhalten können. Seid gewarnt, Leute. Keine Kugel kann Millionen Menschen stoppen, die sich erheben und losmarschieren. Die keine Angst mehr haben. Jeannot gesellte sich zu Pierre, der abseits saß, weit weg von der Theke, wo das Bier nur so schäumte. Seine Augen waren rot. Schlafmangel. Tränen. Alkohol. Jeannot legte eine Hand auf die Schulter seines Freunds, eine stumme Floskel unter Männern, aber Pierre schob sie brüsk weg. Stand auf. Verschwand. Der Fall eines Mannes ist bodenlos. Am Abend kehrte Djamila nicht in die Siedlung zurück. Drei Tage, hatte Bakki gesagt. Sie schaltete ihr Handy aus, schlüpfte in ihrer Hütte neben Geoffroy ins Bett und bat ihn, sie in den Arm zu nehmen. Sie an sich zu drücken. Weil ihr ein bisschen kalt war. Weil sie ihn liebte. Und vor allem, weil sie Angst hatte – aber das verriet sie ihm nicht.

Südseeblau

Pierre hatte Bier gekippt, wie man Fahrkarten für Schiffe von Südvietnam über die Javasee nach Surabaya kauft, er hatte auf dem Achterdeck geschwankt, vom Sprung geträumt, doch dann war Jeannot gekommen, hatte ihn daran gehindert, und er hatte schnell die Kneipe verlassen, in trauriger Trunkenheit, mit zitternden Fingern. Ein streunender Köter. Er lief bis zum Haus, in dem Adeline Renart wohnte, gleich neben der Bushaltestelle. Ihm war kalt. Er klingelte. Kaum hatte er seinen Vornamen genannt, ging auch schon die Tür auf. Bei seinem Anblick wurde sie rot. Wollte mit einer anmutigen Bewegung ihren Morgenmantel zurechtzupfen, aber er legte seine Hand auf die ihre. Seine Hand war weich. Er sagte: »Du bist schön.« Er sagte: »Ich will dich sehen.« Und Adeline Renart fühlte sich schön. Sie schloss die Augen. Ließ ihn hinein. Später im Bett rauchten sie Zigaretten, hörten Celine Dion, »hast du nichts anderes?«, »oh, aber ich liebe Celine, sie ist großartig«, und noch später, als ihr Herz endlich wieder langsamer schlug, fragte sie mit trockenem Mund, angstvoll, hoffnungstoll: »Und deine Frau?« Da fing er an, von Louise zu erzählen. Von ihrem Kennenlernen. Magnetisch. Verschmelzend. Seine Worte waren voller Feuer. Voller Liebe. Sie erfüllten das ganze Zimmer. Prallten gegen die Decke. Regneten als

Sternschnuppen herab. Adeline Renarts Tränen bemerkte er nicht. »Und nur wegen unseres Sohnes habe ich alles zerstört. Ich habe ihn nie verstanden. Ein Junge, der dich nicht anschaut. Der dich nie etwas fragt. Der mit fünf Jahren Dinge weiß, von denen du nicht den blassesten Schimmer hast. Beim Frühstück rechnet er die Fünferpotenzen aus. Bis fünf hoch fünfunddreißig. Und ich kapiere nicht einmal, wozu. Niemand kapiert das. Ich glaube, im Grunde hat er mir Angst eingejagt. Und das hat mich wütend gemacht. Eine anhaltende Wut. Die manchmal in Gewalt umgeschlagen ist. In Ungerechtigkeit. Zu Zügellosigkeit entgleist. Aber das ist alles vorbei. Ich habe eine Weile gebraucht, aber jetzt hab ich's begriffen. Bei diesem Bengel muss man nicht vorweglaufen, um ihm den Weg zu bahnen oder Dinge zu zeigen. Sondern hinterher. Um ihn im Falle des Falles aufzufangen. Zu beschützen. So ein Vater will ich in Zukunft sein. Der Kerl dahinter. Mehr nicht. Ich weiß jetzt, dass ich ihn liebe.« »Dann geh doch«, flüsterte Adeline Renart, »los, hau ab. Ich bin nicht diejenige, der du das alles sagen solltest. Es verletzt mich. Beleidigt mich. Diese Worte sind für sie bestimmt. Deine Familie. Also verschwinde. Geh zurück zu ihnen.« Als Pierre vier Minuten später wieder zu seiner schäbigen Absteige wanderte, lächelte er. Das Lächeln eines glücklichen Mannes.

Rabenschwarz

Am Donnerstagmorgen drehte Bakki durch.

Pechschwarz

Vor Wut. Djamila war nicht nach Hause gekommen, wie er es verfügt hatte. Wie Ahmed, ihr Vater mit den Feuerhänden, es verfügt hatte. Die Göre tat gerade so, als wäre sie frei. Sie hatte gelogen. Sie war ungehorsam gewesen. Und der Ungehorsam ihren Brüdern gegenüber beleidigte Allah. Verhöhnte ein ganzes Volk. *Ghadab! Ghadab!* Bakkis Schreie dröhnten wie Trommelschläge in seiner Brust. Donnernde Drohungen. Er rief die *aimra'at gaouria* an. Die Französin Lemaître. Die Schlampe. Eine falsche Nummer. Er landete bei einem Tierheim und beschimpfte den armen Tropf am anderen Ende der Leitung. Ich bring sie um, schwor er sich. Ich reiße ihr die Augen aus. Lügnerin, *kadhaaba*. Schluss mit lustig. Schluss mit der Schule. Schluss mit der dämlichen Musik auf dem Handy. Wart's nur ab! In ihrem Zimmer kippte er alle Schubladen aus. Warf das Parfüm, die Schminke in den Müll. »Wenn ich dich erwische, sperre ich dich ein und lasse dich erst am Tag deiner Hochzeit wieder raus, *inschallah*.« So Gott will, mein Kind, so Gott will. Ahmed hatte die Nummer der Mutter des Schwachkopfs nicht, mit dem sie sich immer herumtrieb. »Ich habe diese Frau nur einmal getroffen, mein Sohn, mein Lieber, als deine Schwester und der Kleine angegriffen worden sind.« Bakki war wie ein Raubtier im Käfig. »Beruhige dich, mein Junge. Lösche deinen Zorn, sonst ergreift er von dir Besitz, und das ist nicht gut.« Doch der Sohn, der Liebe, hörte ihm schon nicht mehr zu. Türenschlagend verließ er die Wohnung. Draußen packte er seinen Bruder Lizul am Arm und schleifte ihn mit durch die Siedlung, um herauszufinden, wer mit der *maleun* zur Schule ging. Mit der Verdammten. Mit Djamila.

Gelborange

Das Wetter war herrlich an jenem Freitag. Rings um die Hütte schwelgten die Frühlingsblumen wie jeden Morgen in den ersten Sonnenstrahlen. Buschwindröschen, Waldweißwurz und Sauerklee schmückten die Erde mit weißem Schaum, und in den schattigeren, feuchten Bereichen rekelte sich der Bärlauch und verströmte seinen feinen Duft. Ein Fleckchen Bambi-Wald, bevor die Jäger kommen, vor der Flucht. »Bambi, schnell, in den Wald!«, vor den Schüssen, der Mutter, die zusammensackt, dem Schnee, der vom Himmel rieselt, »Mama, wo bist du?«, der immer dichter fällt, als wollte er das Blut überdecken, das der Kindheit entrinnt. Allen Kindheiten, die man meuchelt. Geoffroy saß lesend am großen Tisch und trank seinen heißen Kakao, als es plötzlich an der Tür klopfte. Er zuckte zusammen. Er hasste Überraschungen. Sie machten ihm Angst. Beim zweiten Mal war das Wummern noch lauter. Dann flog die Tür auf, und eine breite Gestalt in einer Art Tunika erschien im Gegenlicht. Sofort fing der Körper des Jungen an, sich vor und zurück zu wiegen. Aus seiner Kehle drangen leise Knurrlaute. Bakki fragte, wo Djamila sei. Geoffroy starrte ihn an. Sprachlos. Seine Hände versuchten den Lärm in seinem Kopf wegzuschlagen. »Wo steckt sie?« Der Mann schaute sich im Wohnraum um, ehe er auf die Tür des kleinen

Schlafzimmers zusteuerte, sie aufstieß, und Geoffroy nutzte die Gelegenheit, um aus der Hütte in den Wald zu fliehen, »schneller, schneller, Bambi«, und Bakki stürzte ihm hinterher, rammte mit dem Bein den Nachttisch, die brennende Öllampe darauf schwankte, fiel, das Glas zerbrach, die Flammen züngelten über den Boden, leckten an den Fransen der Decke, fraßen sich weiter, während draußen Lizul den Jungen festhielt, der sich wand wie ein Irrer, wie eine Wespe unter einer Glasglocke, seine Arme sirrten machetengleich durch die Luft, versuchten den Körper des Peinigers zu treffen, doch Lizuls Hände waren wie Beißzangen. Bakki trat vor. Drohend. Gewaltig. »SCHEISSE, MANN, WAS SOLL DAS? LASS IHN LOS, LIZUL!« Sie wirbelten herum. Djamila kam auf sie zu, eine Schaufel in der Hand. Bakki lachte. »Willst du mir damit den Schädel brechen, ja? So wie du uns schon das Herz gebrochen hast? Schau dich doch an! Du bist aufgedonnert wie eine *aimra'at sayiyat alhaya*. Eine Schande. Du bist eine Schande.« Jetzt trat Djamila drohend vor, zielte mit dem Schaufelstahl auf Lizuls Gesicht, »loslassen, hab ich gesagt, lass ihn in Ruhe«, und ihr Bruder gab den Jungen frei, der sich zu seiner Freundin flüchtete. Sich hinter sie kauerte. Knurrend. Sabbernd. Ein verängstigtes, verwundetes Tier. Plötzlich erhob sich Rauch von der Nordseite der Hütte. Das Feuer im Schlafzimmer. Bakki nutzte die Ablenkung, um vorzuspringen und seiner Schwester die Schaufel zu entreißen. Sie an den Schultern zu packen. »Feuer! Feuer! Lass mich los, du Idiot, siehst du denn nicht, dass es brennt?« Geoffroy schrie. Zerkratzte sich die Wangen. Lizul brüllte: »Nichts wie weg, Bak, hier fackelt gleich alles ab! Schnell!« Bakki versuchte seine Schwester mit sich zu zerren. Sie wehrte sich nach Leibeskräften. Bakki bellte den Jungen an: »Verzieh dich, Kleiner. Ab nach Hause mit dir, na los!« Das schien Geoffroy kurz zu beruhigen. Er betrachtete die brennende Hütte. Er wirkte fasziniert von den gelborangen Flammen, die gen Himmel zuckten, die Äste einiger Eichen verschlangen. Dann stand er auf. Er zitterte nicht mehr. Ab nach Hause mit dir! Also marschierte er auf die Hütte zu. Nach Hause. Und lief direkt ins Feuer hinein. Djamila heulte seinen Namen. Das Heulen einer Wölfin. Ihre Daumen suchten die Augen ihres Bruders, wie die Backen einer Zange. Ihre Fingernägel kerbten. Zerschnitten. Die Haut. Die Lider. Bakki lockerte seinen Griff. Sie befreite sich. Rannte auf die Hütte zu, dem Jungen nach, ihrem Leben nach, und verschwand selbst in den Flammen. Nun war nur noch das Knacken des berstenden Holzes zu hören. Der Atem des Feuers. Die Brüder Zeroual waren wie erstarrt. Bakki trug ein Monokel aus Blut. Irgendwann rührte Lizul sich wieder. »Komm, Bak«, murmelte er, »hauen wir ab. Hauen wir ab.« »Was ist mit Vater? Was sagen wir Vater?« »Es war ein Unfall, Bak, ein schrecklicher Unfall.« Und sie hasteten in Richtung Waldrand, während in der Ferne schon die Sirenen ertönten, hasteten zum Feldweg, wo sie geparkt hatten, unweit von Hagop Haytayans Hof.

Feuerrot

Allerdings wurde der Brand der Hütte, bei dem die beiden Kinder verschwunden waren, von einem anderen überschattet. Am Montag um achtzehn Uhr zwanzig ging der erste Alarm ein, der jedoch für einen Fehlalarm gehalten wurde. Erst den zweiten, dreißig Minuten später, als schon dicker Rauch aus dem Dach quoll, nahm man ernst. Notre-Dame de Paris brannte. Der sechsundneunzig Meter hohe Vierungsturm wurde zur Fackel. Die tanzenden Flammen hatten etwas Hehres. Und Herzzerreißendes. Um neunzehn Uhr fünfzig stürzte der Turm ein. Wie die Türme des World Trade Centers, nur in klein. Der Fall der diesseitigen Welt. Die Eitelkeit der Dinge. Asche zu Asche, Staub zu Staub. Manche weinten. Andere fielen auf der Place Saint-Michel, am Quai de la Tournelle auf die Knie. Stimmten Kirchenlieder an. Flehten Regen herbei. Und sahen zu, wie das Feuer diese fünftausend Quadratmeter große Arche fraß, die hundertzweiundachtzig Jahre lang Stein für Stein von Menschenhand errichtet worden war und deren Erhabenheit und Pracht sich gewiss mit dem Salomonischen Tempel oder dem Himmlischen Jerusalem aus der Offenbarung des Johannes messen konnte, wenn es sie nicht sogar übertraf. Jetzt, da die Flammen wüteten und vierhundert Feuerwehrleute dagegen ankämpften, wurde allen bewusst, dass nichts ewig währt. Die Vergänglichkeit selbst tausendjähriger Bauten erinnert uns daran, dass auch wir nicht von Dauer sind. Dass auch wir in Feuer enden. In Staub. In Blut. Dass nichts von uns bleibt. Zur selben Zeit stützte sich Tony in Lolos Kneipe mit den Ellbogen auf die Theke und bestellte etwas Starkes. »Das Zeug aus *Mein Onkel, der Gangster*, Lolo. Wenn du verstehst, was ich meine.« Das Gleiche für Jeannot – er hatte langsam, aber sicher wieder angefangen zu picheln. Abstinenz machte die Aussichten engstirnig, die Horizonte grau, Alkohol erstickte den Ärger, brachte die Worte zum Blühen, blähte die Segel, und Jeannot brauchte Luft. »Für mich auch«, lallte Jean-Mi. Niemand schwang mehr große Reden vor dem Fernseher. Vor den Bildern des Brands. Die Bestürzung gab den Ton an. Stille war geboten. Und plötzlich: ein Wunder. Die Asche über der Île de la Cité verwandelte sich in Geldscheine, die vom Himmel fielen. Und hier mussten sie sich abrackern, um über die Runden zu kommen. Für die Kids Verzicht üben. Inzwischen waren sie so weit, dass sie Schinken im Supermarkt klauten. Um ein paar Kröten mehr bettelten. Und sie bekamen zu hören, dass kein Geld da sei. Dass die Kassen leer seien. Zweitausendfünfhundert Milliarden Euro Schulden. »Das sind fünfunddreißigtausendfünfhundert Euro pro Franzose, Tony. Zwei Jahre Mindestlohn. Gut fünf Kilo Gras, Mann.« »Wahnsinn, Alter, krass!« Natürlich war *dieses* Geld etwas ganz anderes – »die halten uns wohl für blöd«. »Aber echt.« Das Gewetter ging wieder los. »Anscheinend ist ein Mensch weniger wert als ein Stein.« Die Familie Arnault spendete zweihundert Millionen. Die Familie Bettencourt ebenfalls. Die Familien

Pinault und Total jeweils hundert Millionen. Die BNP zwanzig Millionen. Und Novoferm France, die Brandschutztürspezialisten, haha, zehntausend Euro. Innerhalb von Stunden wurden insgesamt neunhundert Millionen für den Wiederaufbau der Kathedrale versprochen. »Scheiße, ist doch immer dasselbe«, schimpfte Tony. »Aber wir müssen träumen«, wandte Jeannot ein. »Wir müssen bewahren, was die Geschichte der Menschen ausmacht. Ohne Zeugnisse der Vergangenheit gehen wir nirgendwohin, sondern drehen uns im Kreis.« »Außerdem ist es ausnahmsweise mal nicht unsere Kohle«, rief Julie dazwischen. »Die nächste Runde geht aufs Haus!«, fügte Lolo hinzu, und die Jubelrufe übertönten den Fernseher – die Sirenen, die einstürzenden Balken, die singenden Gläubigen. Fünf Tage später fing der Kampf wieder an. Ein kleiner harter Kern. Nur siebenundzwanzigtausendneunhundert Demonstrierende in ganz Frankreich. Sechzigtausend Polizistinnen und Polizisten. Die Republik legte eine härtere Gangart ein. Die Straße muckte auf, also wurde sie dichtgemacht. Auf den gesperrten Champs-Élysées massenhaft Bereitschaftspolizei. Panzerfahrzeuge. Sogar eine Drohne. Die Händler waren ausgelaugt. Die Pariserinnen und Pariser erschöpft. Seit dem Morgen wurde mit Tränengasgranaten auf jeden gefeuert, der an der Gare du Nord ausstieg. Die Leute husteten sich die Lunge aus dem Leib, dazwischen krächzten sie: »Leben, ja, überleben, nein!« Roller und Mülltonnen brannten auf dem Boulevard Jules-Ferry, in der Rue du Faubourg-du-Temple. Mehr Feuer auf der Place de la Bastille. Granatenhagel auf dem Boulevard Richard-Lenoir. Brutale Keilereien auf der Place de la République, wo Tausende Menschen eingekesselt worden waren. Wie Ratten in einem Käfig. »SIND WIR WENIGER WERT ALS EINE KIRCHE?«, schrie das französische Volk. Auf das gewaltige Monument von Léopold Morice hatte jemand »Revolution« gesprayt, so wie man »Zu Hilfe« schreiben würde, »Ich ertrinke, rettet mich«. Je härter die Schläge der Polizei wurden, desto heftigere Verwünschungen schleuderten ihr die Aufständischen entgegen, gleich Steinen oder den Heuschrecken der biblischen Plagen. »Bringt euch um! Bringt euch um!« Die Wut kam von beiden Seiten. Sie war unbarmherzig. Hinterließ unauslöschliche blaue Flecke. Unheilbaren Kummer. Unauffindbaren Frieden.

Blau

Natürlich hatte Louise gezittert. Geschwankt. Sich mehrfach festhalten müssen, um nicht zu fallen, als Hagop ihr alles erzählte. Er hatte das Auto auf dem Feldweg gehört, wo sonst nie jemand langfuhr. Hatte die beiden Kerle aussteigen sehen und sofort geahnt, wer sie waren. Im Laufschritt hatte er die Lichtung umrundet. »*Hov zoravor esguessetsav*, Louise, der Wind ist aufgezogen. Mächtiger Wind. Und Ays hat mir Flügel verliehen. Ich bin zu ihnen geflogen. Ich habe die Hütte von Westen her erreicht, von der Terrassenseite, gerade als der größere der beiden Brüder sie betreten hat. Ich habe die Angst deines Sohnes gesehen, Louise. Ich habe zu Polyeuktos von Melitene gebetet. Ich habe die Jungfrau Gajane angerufen. Und sie haben deinen Sohn stark gemacht. Er hat sich gerettet. Danach ging alles so schnell. Das Feuer ist ausgebrochen. Ich konnte es nicht löschen. Ich habe die Feuerwehr gerufen. Aber plötzlich kam dein Sohn zurück. Er ist durch die Flammen getreten, die die Fassade verschlangen, also hat der Wind mich zu ihm getragen, ich habe ihn über die Terrasse herausgeholt. Eine Flamme hatte über seine Hand geleckt. Er hat sich nicht beklagt. Dann lief das Mädchen hinein. Ins Feuer. Und der Wind hat mich auch zu ihr katapultiert, um sie zu retten. Sie waren so schön, Louise, als sie wiederver-

eint wurden. Sie waren das Feuer. Sie waren die Sonne. Verstehst du, liebe Louise, meine Mutter hatte recht. Sie hat immer von der tragischen Freude der Kindheit gesprochen. Zu mir gesagt: ›Mein Sohn, du musst in fortwährendem Wandel leben, alte Rinden abstoßen, dich mit jedem Frühjahr häuten, immer jünger, zukünftiger, höher, stärker werden.‹ Also habe ich geschrien: ›*Vazetsek! Arak vazetsek!* Lauft, Kinder, schnell!‹ Und wir flüchteten zum Hof. Wir sind geflogen, Louise, weinend, lachend, während das Heulen der Sirenen näher und näher kam. Eben habe ich die Verbrennung deines Sohnes behandelt. Und Djamilas üble Brandblase am Bein. Ihre Schmerzen gelindert. Die beiden schlafen jetzt. Ich bleibe bei ihnen. Mach dir keine Sorgen. Bewahre dir die Liebe zu Aurélien. Ein Licht ist leicht zu tragen. Sei glücklich mit ihm. *Yerjanik yeghir anor hed*, Louise.«
Louise lächelte noch lange, nachdem sie aufgelegt hatte.

Senfgelb

Nach dem Gespräch mit Hagop hatte Louise mit Pierre telefoniert, um ihm Bescheid zu geben. »Ich komme sofort!«, hatte er ausgerufen und aufgelegt, ehe sie protestieren konnte. In Sekundenschnelle hatte er sich angezogen. War wie ein Wirbelwind aus dem Hotel gestürmt. Es lag am Rand eines ehemaligen Industriegebiets. Natürlich kein Taxi. Kein Bus. Er fing an zu joggen. Er war ruhig. Entschlossen. Kräftige Schritte. Stetes Tempo. Lockere Schultern. Er erreichte das Dorf. Durchquerte es, ohne anzuhalten. Lief bis zur Rue du Cateau, wo er langsamer wurde, um vor der Ankunft am Häuschen mit den Geranien wieder Atem zu schöpfen. Louise machte ihm auf. Obwohl sie geweint hatte, war sie strahlend schön. Die furiose Blondine vom 21. April 2002. Sie setzten gleichzeitig an zu sprechen. Lächelten. Tranken einen Kaffee. Schließlich erzählte sie von der Hütte. Dem Feuer. Hagops Rettungsaktion. Den Kindern, die in Sicherheit waren. Verborgen vor den Augen der Welt. Entkommen. Und er wiederholte alles, was er bei Adeline Renart gesagt hatte, und seine Worte stiegen erneut auf, prallten gegen die Decke, verwandelten sich in Sternschnuppen. Er beteuerte: »Ich werde Geoffroy ab jetzt vorausgehen lassen, hinter ihm bleiben. Nur für den Fall. Dieser Junge ist ein Glück für die Welt.« Und

Louise legte ihre Hand auf die ihres Mannes. Meinte: »Ich bin froh, dass du wieder bei uns bist.« Pierre schaute sich um. Seine Stimme zitterte. »Er ist nicht hier?« Sie antwortete: »Doch. Er sitzt da im Sessel.« Pierre betrachtete den senfgelben Samtsessel neben sich. Er war leer. Louise sagte noch einmal: »Er ist da.« Dann murmelte sie: »Er ist tot.«

Leuchtend orange

Fünf Seiten in *La Voix du Nord* über den Brand von Notre-Dame. Fotos vom Feuer, Fotos von den Tränen. Sechs Zeilen unter »Lokales« über das Verschwinden von zwei Kindern beim mutmaßlich durch einen Unfall ausgelösten Brand einer Waldhütte. Anscheinend gab es auch für Brände eine klare Hitliste. Die Polizei hatte in den schlammigen Überresten der Hütte keine Spur der Leichen gefunden. Hagop Haytayan war befragt worden, hatte aber nichts gesehen. Zuerst nahm man an, dass sich die Kinder vor dem Feuer in den weitläufigen Wald gerettet hatten. Und leitete eine Suchaktion ein. Mitsamt Hunden. Sogar eine Hundestaffel aus Belgien war zur Unterstützung gekommen. Vergeblich. Deshalb ging man schließlich von Verletzungen aus. Von Blutgeruch. Verbrennungen. Vermutete Bewusstlosigkeit. Und ausgehungerte Tiere. Wildschweine. Füchse. Ginsterkatzen. Malte sich ein qualvolles Ende aus. Kilometerweit mitgeschleifte, zerfetzte Körper. Ohne letzte Ruhestätte. Die Aasfresser des Waldes. Ihre geifernden Mäuler. Man informierte Ahmed Zeroual. Er sagte nichts, setzte sich nur auf seinen Formica-Stuhl in der Küche. Zusammengefaltet wie ein Akkordeon. Plötzlich ganz klein. Die weiße Neonröhre beleuchtete sein gottgeschaffenes Lehmgesicht. Die Risse des Schmerzes. Von diesem Zeitpunkt an sollte er kein Wort mehr sprechen. Er wartete nur noch darauf, mit seiner holden Lahna wiedervereint zu werden. Mit Lahna, deren Name Frieden bedeutete. Mit Djamila, der Schönen. Der Freien. Dem Wind. Die Frauen wiederzusehen, die das Herz der Welt waren. Ich sehe Djamila gerade – ich, der Zeuge dieser ganzen Geschichte war und sie Ihnen erzählt. Ich beobachte sie durch das Küchenfenster von Hagops Hof, wo der von seinem Vater Katchayr gebaute Kamin ausgewachsene Tiere braten kann. Sie sitzt neben dem Jungen, gegenüber dem siebzigjährigen Kind. Aus einem alten Schallplattenspieler steigen wunderschöne Lieder auf. *Yes Siretsi. Geroung'ner.* »Da singt die Seele meines Landes«, sagt Hagop. »Da tanzen die Felsen und Vulkane. Da fließen die Flüsse und Tränen.« Vor den dreien liegen große weiße Blätter. Stifte. Lineale. Sie zeichnen Pläne. Geoffroy rechnet laut. Aufs Tausendstel genau. Sie wollen eine neue Hütte bauen. »Mit WC«, verlangt Djamila, »das mit der Schaufel geht keine zwei Minuten gut.« Und sie lachen. Sie planen auch einen neuen Gemüsegarten, weil der jetzige vom Feuer ruiniert, vom Wasser der Löschschläuche ertränkt wurde. Einen größeren Gemüsegarten. Noch üppiger. Und ein Gewächshaus. »Wir müssen mindestens hundert Leute ernähren können«, sagen sie. »Und wir müssen noch mehr Hütten bauen. Weil auch andere kommen werden. Weil meine Mutter kommt, weil mein Vater vielleicht zurückkommt. Weil es Zeit ist, nicht mehr von anderen abhängig zu sein. Die, die für uns entscheiden, kennen uns nicht. Sie haben sich nie die Hände schmutzig gemacht. Nie einen verlorenen Menschen umklammert. Sie sind nie Kinder gewesen. Wir leiden, weil die Erde leidet. Wir haben

Hunger, weil die Erde nicht mehr nährt.« Dana Philps Buch *Das Reh in der Stadt* ist mitsamt der Hütte verbrannt, aber Geoffroy kennt es auswendig und erzählt es nach. Mit loderndem Eifer. »Also, einerseits blasen wir Kohlenstoffdioxid in die Atmosphäre, das die Erde zerstört, die Gletscher schmelzen, das Methan im Permafrost wird freigesetzt, die Temperaturen steigen unnatürlich schnell an, das Leben wird fragiler, und trotzdem scheint niemand zu begreifen, dass wir bald vom Erdboden verschwinden könnten, wir kleinen Säugetiere. Und ich spreche hier nicht von den Dinosauriern, über die weiß jeder Bescheid, sondern zum Beispiel vom Tarpan, der 1909 ausgestorben ist, vom Kalifornischen Grizzlybären 1922 oder vom Berberlöwen in den 1960ern. Auch Menschen sterben aus. In Brasilien leben nur noch zweiundsechzig Ofayé. Also müssen wir der Atmosphäre andererseits zwingend Kohlenstoffdioxid entziehen. Es in der Erde speichern. Das Gleichgewicht wiederherstellen. Das ist logisch. Unwiderlegbar«, erklärt der Junge. »Wir müssen der Erde zurückgeben, was sie uns schenkt. Wir müssen unsere Mütter ehren, die Pachamama ehren, die Mutter der Mütter. Im Buch steht, dass ein urbaner Landwirtschaftsbetrieb das CO_2 von sieben Autos aufnehmen kann. Stellt euch mal vor, wie viel dann unser Gemüsegarten schafft!« Djamila beobachtet ihn. Wieder mit glühenden Wangen. »Dass ein Mammutbaum von allen Bäumen der Welt am meisten CO_2 verarbeitet. Und dass biologische Landwirtschaft achtmal mehr Kohlenstoffdioxid in der Erde bindet als konventionelle. Wir brauchen mehr Wälder.« Der Junge lächelt. Djamila findet ihn noch schöner als sonst. »Es ist ganz einfach«, fährt er fort. »Es gibt nicht die eine

Lösung. Es gibt zehntausend.« »Na, dann starten wir mit der ersten«, verkündet Hagop mit warmer Stimme. Die Kinder sehen sich an. Sie strahlen. Ihre Augen glänzen. Das Herz des Mädchens schlägt sehr schnell. Sie traut sich nicht, dem Jungen zu verraten, dass ihre Brüste sich härter anfühlen, dass sie ein wenig empfindlicher sind, wenn er sie berührt, und dass sie heute Morgen eine unbekannte Übelkeit verspürt hat. Ich weiche langsam zurück. Entferne mich. Danke ihnen flüsternd. Ich verschwinde. Verschmelze mit dem Schatten der Bäume. Und lasse diese drei Kinder die Grenzen der kommenden Welt neu ziehen.

Danke

Juliette Joste.

Olivier Nora.

Jean-Marc Levent.

Myriam Salama.

Séverine Leduc, klinische Psychologin, spezialisiert auf Autismus-Spektrum-Störungen und ADHS. Miriam Sarbac, Gründerin des Vereins Asperger Amitié. Und Vincent Larnicol.

Dr. Philippe Thomazeau, Renée Picquet und Charles Goethals von der Palliativstation der Polyclinique Vauban in Valenciennes.

Houcine Boumaiza, der mich in einige muslimische Traditionen eingeführt hat. Mehdi Aïssaoui, der mir die arabischen Ausdrücke der Familie Zeroual eingeflüstert hat. Und Michel Chirinian, der Souffleur der armenischen Einsprengsel von Hagop Haytayan. Großen Dank auch an den echten Hagop Haytayan, der sich seit einigen Jahren einen Spaß daraus macht, sich in jedes meiner Bücher zu stehlen.

Grâce und Maximilien, auch ihr schreibt die kommende Welt. Sie wird schön.

Und zu guter Letzt: Danke, Dana – du bist heute mein siebentausendvierhundertster leuchtend oranger Tag.

Quellen

Seite 7, Zitat aus *Garçon de quoi écrire*, Jean d'Ormesson, © Editions Gallimard, 1989. Ins Deutsche übertragen von Katrin Segerer.

Seite 38, Liedtext aus *Ça ira. 50 Chansons, Chants, Couplets und Vaudevilles aus der Französischen Revolution 1789–1795*, herausgegeben und übertragen von Gerd Semmer, Rütten & Loening, 1958.

Seite 39, zur Farbe Orange: *Über das Geistige in der Kunst*, Wassily Kandinsky, Benteli Verlag, 1980.

Seite 47, Filmzitat aus *Zusammen ist man weniger allein*, Regie: Claude Berri, 2007.

Seite 57, Songtext aus »Imagine«, Music & Lyrics: John Lennon, Yoko Ono © Lenono Music, with courtesy of Budde Music.

Seite 61, Auszug aus *Mythen des Alltags*, Roland Barthes, aus dem Französischen von Horst Brühmann, Suhrkamp, 2010.

Seite 76, Songtext aus *Allô Maman Bobo*, Alain Souchon, RCA 1978. Ins Deutsche übertragen von Katrin Segerer.

Seite 111 und 113, Beschreibungen nach *Atlas der verlorenen Städte*, Aude de Tocqueville, aus dem Französischen von Regine Schmidt und Sabine Grebing, Frederking & Thaler, 2015.

Seite 115, Liedtext aus *Das Dschungelbuch*, Walt Disney, 1967.

Seite 120, Verse aus dem Gedicht »Un jour, un jour«, in *Le Fou d'Elsa*, Louis Aragon, Gallimard, 1963. Ins Deutsche übertragen von Katrin Segerer.

Seite 120, Vers aus *Le Fou d'Elsa*, Louis Aragon, Gallimard, 1963. Ins Deutsche übertragen von Katrin Segerer.

Seite 123 und 128, Zitate aus *Briefe an einen jungen Dichter*, Rainer Maria Rilke, Insel, 1929.

Seite 126, Vers aus dem Gedicht *Der nie verstummende Glockenturm* von Paroujr Sewak. Ins Deutsche übertragen von Katrin Segerer nach der französischen Übersetzung von Louise Kiffer.

Seite 129, die Begriffe *Gemüt* und *Gemütlichkeit* sind inspiriert von den Definitionen, die auf dem Blog »On comprend Rhin« veröffentlicht wurden.

Seite 135–136, die Entdeckung des Geruchs von frisch geschnittenem Gras ist der Verdienst der Texas A&M AgriLife Research, 2014.

Seite 146, Songtext aus *I Like It*, Cardi B, Bad Bunny und J Balvin, Atlantic Records, 2018.

Seite 167, Filmzitate aus *E. T. – Der Außerirdische*, Regie: Steven Spielberg, 1982.

Seite 176, nach *Treibsand. Was es heißt, ein Mensch zu sein*, Henning Mankell, dtv, 2017.

Seite 234–235, Filmzitate aus *Bambi*, Walt Disney, 1942.

Seite 242, die Worte, die Hagop seiner Mutter in den Mund legt, sind angelehnt an *Die fröhliche Wissenschaft* von Friedrich Wilhelm Nietzsche.

Grégoire Delacourt
Das Leuchten in mir
Roman
Aus dem Französischen von Claudia Steinitz
272 Seiten, gebunden
ISBN 978-3-455-00273-7
Auch als Taschenbuch erhältlich:
ISBN 978-3-455-00670-4
Atlantik Verlag

Emma ist vierzig und seit achtzehn Jahren mit Olivier verheiratet. Sie haben drei wohlgeratene Kinder, es könnte nicht besser sein. Dass etwas Entscheidendes in ihrem Leben fehlt, merkt Emma erst, als in einer Brasserie ihr Blick auf den von Alexandre trifft. Sie weiß sofort Bescheid. Für ihn wird sie alles riskieren, alles aufgeben – koste es, was es wolle. Eine Geschichte über große Leidenschaft, die Zerbrechlichkeit unserer Existenz und die Stärke der Familienbande, die mehr auszuhalten vermögen, als es den Anschein hat.

»Ein weiser Roman über das Glück, am Leben zu sein,
es zu schätzen und zu genießen.«
Madame Figaro

Grégoire Delacourt
Die Frau, die nicht alterte
Roman
Aus dem Französischen von Katrin Segerer
176 Seiten, gebunden
ISBN 978-3-455-00651-3
Auch als Taschenbuch erhältlich:
ISBN 978-3-455-00996-5
Atlantik Verlag

Martine führt mit Ende zwanzig ein glückliches Leben. Sie hat studiert, mit André den Richtigen gefunden, ihn geheiratet und einen Sohn zur Welt gebracht. Die Zukunft ist für sie ein großes Versprechen. Doch als sie mit dreißig plötzlich aufhört zu altern, gerät alles ins Wanken. Was nach dem unerreichbaren Traum so vieler Frauen klingt, wird für Martine Wirklichkeit – und zu einer ungeahnten Zerreißprobe, auch für ihre Familie. Eine mitreißende Parabel des Bestsellerautors Grégoire Delacourt auf unser bizarres Streben nach ewiger Jugend, auf die Schönheit des Alters und die alles überwindende Kraft der Liebe.

»Poesievoll erzählt Grégoire Delacourt die Geschichte einer jungen Französin.«
Freundin

Grégoire Delacourt
Die vier Jahreszeiten des Sommers
Roman
Aus dem Französischen von Claudia Steinitz
192 Seiten, Taschenbuch
ISBN 978-3-455-00567-7
Atlantik Verlag

Ein Sommer am Strand in Nordfrankreich. Hier treffen vier Paare ganz unterschiedlichen Alters aufeinander: zwei Teenager im Rausch der ersten Liebe, eine 35-Jährige auf der Suche nach neuem Glück, eine gelangweilte Hausfrau, die sich ins Abenteuer stürzt, und ein altes Ehepaar, das sich noch genauso liebt wie am ersten Tag. All diese Menschen begegnen sich, ohne zu wissen, dass ihre Geschichten eng miteinander verwoben sind. Bis es während des Feuerwerks zum französischen Nationalfeiertag zu einem dramatischen Höhepunkt kommt. Grégoire Delacourt hat eine Hommage an die Liebe und an den Sommer geschrieben, die einmal mehr zeigt, dass die großen Gefühle ganz unabhängig von Alter und Lebensphase sind.

»Es ist ein Roman, der sehr still daherkommt, fast ein bisschen wehmütig, nichts ist schrill oder gar laut, aber genau das macht ihn so attraktiv.«
Christine Westermann, WDR 2